아기 나팔꽃

Morning Glory
Backdam's Fables

by Jong Gook Back
Published by Barunbooks Co., Ltd, Korea, 2025

머리말

 이 책은 자녀들의 성장을 위한 백담 할아버지의 우화 모음이다. 우화란 짧고 쉽게 삶의 지혜를 전달하는 방식이다. 짧고, 쉽고, 함축적이다. 장자는 이를 일러 다른 사물을 빌려다 도를 논하는 것이라 하였고, 예수께서도 진리의 전달을 위해 자주 사용하신 방법이다.

 백담우화는 이솝우화의 현대판이라 할 수 있다. 차이가 있다면 이솝우화와 달리 세계관의 제약이 없고 모든 사물의 대화를 활용하고 있다는 점이다. 여기 수록된 우화들은 저자의 창작이지만 이솝우화에서뿐만 아니라, 성경, 제자백가, 불경, 아라비안나이트, 한국 우화, 라퐁텐 우화, 톨스토이 우화, 등 동서고금의 역사에서 나타나는 우화들을 다양한 방식으로 차용하고 있다.

 우화의 핵심은 자녀들에게 전승하고자 하는 지혜이다. 삶의 지혜는 종종 일상적인 선악 구분을 넘어서곤 한다. 우리의 선조들이 그래 왔던 것처럼 어려서부터 다양하게 접하고 반복적으로 익히는 게 바람직하다. 지식은 흘러넘치나 그 지식의 방향을 잡아 주는 지혜가 매우 부족한 시대를 맞이하여 지혜의 학습은 더욱 중요하다. 다양한 지혜를 익히는 만큼이나 자녀들의 삶도 더 풍성해지고 그들이 추구하는 바의 성취도 더 원활해질 것이다.

우리 딸이 예쁜 삽화들을 그려 주었다. 아이들의 우화 이해에 한층 도움이 되리라 생각한다.

이 우화를 읽는 모든 이들에게 지혜의 은총이 함께하길 기원한다.

2025년 1월
백담 씀

차례

머리말

아기 나팔꽃	10
밤송이 삼 형제	12
민들레와 사마귀	13
남생이 바위	14
꿩 잡는 게 매	15
뭉게구름	16
블루베리밭의 까투리	17
꿀벌의 다짐	18
용봉탕	19
쑥의 고난	20
모퉁이 돌의 가치	21
주말농장	22
호랑이의 평화	23
고슴도치의 평화	24
수도권 집중	26
가스라이팅	27
아기 곰의 시련	28
일찍 피는 들꽃	29
천상회의 첫째 날	30
개구리 마을 지키기	31
길고 깊은 밤	32
새벽기도의 효능	33
물닭의 환희	34
삼만 번	35

천상회의 둘째 날	36
매미 소리	37
원숭이 손	38
별, 희망 그리고 구름	39
토끼와 암스트롱	40
거북이의 경주	41
게으른 노루	42
씨앗 삼 형제	43
하루살이의 꿈	44
생각은 열어 놔야지	45
거북이의 자부심	46
여우의 보이스피싱	47
친구는 소중하다	48
차선의 선택	50
정직한 거짓말	51
거짓말도 버릇이다	52
박쥐의 운명(1)	53
박쥐의 운명(2)	54
전쟁이란	55
비단신	56
먹이사슬	58
썩은 동아줄	59
개미와 베짱이(1)	60
개미와 베짱이(2)	61
멧돼지의 먹이 찾기	62
총리의 보물창고	63
붕어의 연못	64
금붕어 할머니	65
용감한 강아지	66
토끼와 거북이	67

여름벌레는 얼음을 알 수 없다	68
모래성 쌓기	69
두 마리의 소	70
돈돈 똥	71
하루살이의 탄식	72
멀리서 보면 희극	73
어차피 죽음	74
독수리의 먹이	75
농부의 마음	76
사람은 자기 복으로 먹고산다	77
왜 하루살이는 입이 없는가	78
간디스토마	79
물에 빠진 예수쟁이	80
미친 황소(1)	81
미친 황소(2)	82
말뚝의 탄식	83
옅은 밝음	84
지리산	85
무너진 다리	86
독사의 보답	87
돈벼락	88
동굴의 우화	89
바보 이반의 평화	90
바보 이반 아들의 평화	91
바보 이반 손자의 평화	92
방구석 여포	93
최종해결책	94
자유의 보답	95
물 위를 걷기	96
꿈의 해석	97
말과 주인	98
뭣이 더 중한가	99

죄수의 딜레마	100
세 번의 기회	101
바람의 무게	102
천사와 바늘	103
물고기의 마음	104
빨아도 걸레	105
신뢰가 답이다	106
내 나이 칠십	107
당신의 문제와 은행의 문제	108
선악과	109
신이 되는 세 가지 요소	110
고민의 해결책	111
나쁜 충고의 결말	112
개미탑 쌓기	113
꼬리가 아홉인 여우	114
홍수와 인류의 기원	115
잡고 있자니 두렵고 놓자니 아까운 존재	116
우물 안 개구리	117
까마귀의 목청	118
장님 코끼리 만지기	119
악어수사관의 인디언 기우제	120
자유를 거부할 자유	121
백 년의 간절함	122
고양이 숭배하기	123
손에 쥐고 있는 것의 소중함	124
오만과 갈등	125
백조의 꿈	126
선물로서의 삶	128

찾아보기

백담독서목록

아기 나팔꽃

아기 나팔꽃이 엄마에게 물었다.
"엄마 왜 우리는 아침에만 활짝 피는 거야?"
"왜, 싫어?"
엄마가 살짝 돌아보며 되물었다.
"온종일 피어 있으면서 온갖 것을 다 구경하고 싶어."
그러자 엄마 나팔꽃이 웃으며 말했다.
"애야, 우리는 깨끗한 꽃이야. 그래서 상쾌한 아침에만 잠깐 피게 되지. 그래서 사람들은 우리를 '아침의 영광'이라 부르지 않니? 호호…"

밤송이 삼 형제

　밤이 밤송이에게 항의했다.
　"아저씨, 왜 이렇게 저희들을 못살게 구세요?"
　"아니, 내가 뭘?"
　"꼼짝도 못 하게 껴안고 계시잖아요? 게다가 온통 가시를 세우고 계셔서 우리 삼 형제는 친구도 없단 말이에요."
　"아, 그렇구나. 미안하다. 그런데 너희 엄마 부탁이어서 나도 어쩔 수 없단다. 너희가 좀 단단해지면 내보내 주마."
　어느 가을 아침 밤송이가 쫙 벌어지며 심통 부리던 삼 형제가 마삭줄밭으로 떨어졌다. 떨어지자마자 각자 소원대로 친구들을 만났다. 큰형은 다람쥐와, 둘째 형은 멧돼지와, 막내는 손주에게 삶아 줄 밤톨을 찾는 할머니와 친구가 되었다.

민들레와 사마귀

민들레 그늘에서 사마귀가 거미 한 마리를 잡아 맛있는 점심식사를 하고 있었다. 식사를 끝낸 사마귀가 민들레를 보며 아는 체를 했다.

"식사 장소, 고마워."

"다음에도 또 이용해."

민들레가 웃어 주었다. 그러자 사마귀가 안타까운 표정으로 말했다.

"민들레야, 너는 나처럼 움직이지도 못하고 주야장천 여기 묶여 있다가 시들어 가는구나."

"걱정 고마워."

민들레가 빙긋이 웃었다. 얼마 지나지 않아 민들레 잎이 완전히 시들었다. 그 순간 민들레의 머리에서 하얀 왕관이 피어올랐다. 바람이 세게 불자 그 왕관은 수많은 작은 바람개비가 되어 사방으로 높이 날아올랐다. 사마귀가 감히 상상할 수 없는 그 높이까지.

남생이 바위

남강물이 줄어들자 물속에 잠겼던 바위가 뾰조롬히 고개를 내밀었다.

"아이 시원해. 오랜만에 햇볕을 쬐네."

바위가 기지개를 켰다. 바위가 몸을 말리고 있는데 어린 남생이 한 마리가 바위에 다가왔다.

"저도 잠깐 몸을 말려도 될까요?"

바위가 말했다.

"그러렴. 올라타도 돼."

어린 남생이가 바위에 올라 몸을 말렸다. 그때 몸집이 더 큰 남생이가 나타났다.

"이봐, 이 바위는 내 거야."

몸집이 큰 남생이가 어깨로 툭 치자 아기 남생이가 물에 텀벙 빠졌다. 얼마 안 가서 몸집이 더 큰 남생이가 몸집이 큰 남생이를 밀치고 바위에 올랐다. 저들끼리 치고받는 모습을 보며 바위가 조용히 혀를 찼다.

"아니 내가 왜 지들 거라는 거야?"

얼마 지나지 않아 날씨가 흐려지더니 비가 왔다. 비가 오고 남강물이 불어나니 바위도 다시 물에 잠겼다. 남생이들도 흩어졌다.

꿩 잡는 게 매

    어떤 주인이 매와 비둘기를 함께 키웠다. 매는 꿩사냥에 쓰고 비둘기는 메시지를 전하는 데 쓰기 위해서였다. 비둘기가 잘 먹어서 통통하고 힘이 붙었다. 그러자 그 비둘기가 꿩 잡는 일에 나서기 시작했다.
    주인이 보다못해 한마디 했다.
    "애야, 꿩 잡는 건 매가 하게 놔두고 너는 메시지나 잘 전달하려무나."
    비둘기가 말했다.
    "꿩 잡는 게 매 아닙니까?"
    그러자 주인이 측은히 보며 한마디 했다.
    "네가 아직 매 맛을 못 보았구나."

뭉게구름

 여름 하늘에 뭉게구름이 높이 솟아올랐다. 저 멀리 아래에 조그맣게 보이는 야산을 보고 뭉게구름이 말했다.
 "역시 우리 사이는 너무 멀어. 너는 내가 보이기라도 하는 거니?"
 야산이 말했다.
 "응. 잘 보여. 가깝고 먼 것은 어디서 보냐에 달려 있지."
 열흘간의 장마가 걷히고 뭉게구름이 이번에는 야산의 발치를 나지막이 지나갔다.
 "야산아, 안녕?"
 뭉게구름이 쑥스러운 표정으로 말했다.
 "아, 구름이구나. 가끔씩 이렇게 내 발치를 시원하게 만져 주니 정말 고마워."
 구름과 야산이 서로 가볍게 껴안고 웃었다.

블루베리밭의 까투리

까투리 한 마리가 블루베리밭으로 슬슬 걸어 들어갔다. 블루베리 농장주인이 블루베리밭에 방조망을 쳤지만 방조망의 아래가 약간 들려 있어서 걸어 들어갈 수 있었다. 한참 맛있게 블루베리를 먹고 있는데 농장주인의 픽업트럭이 들어오는 소리가 났다. 깜짝 놀란 까투리가 후드득 날아올랐으나 방조망에 부딪히면서 떨어졌다. 걸어 들어오듯이 걸어 나가면 되지만 까투리 머리로는 도저히 그 생각이 나지 않았다. 필사적인 탈출을 시도하다 도리어 방조망에 날개가 감기고 말았다. 다음 날 농장주인이 블루베리를 따러 들어왔다가 날개가 방조망에 감겨 죽어 있는 까투리를 발견하였다. 농장주인은 죽은 까투리를 묻어 주고 다음과 같은 묘비를 세워 주었다.

"자신이 방금 한 일도 기억하지 못하는 까투리의 죽음을 애도함."

꿀벌의 다짐

 감밭에 꽃이 피자 농장주인은 독한 농약을 뿌렸다. 멋모르고 감꽃 사이를 거닐던 꿀벌 떼들이 몰살을 당했다. 간신히 재앙에서 벗어난 아기 꿀벌들이 집으로 돌아와 통곡하였다. 눈물을 훔치던 아빠 꿀벌이 굳은 얼굴로 다짐했다.
 "내년에는 그 감밭에 꿀벌은 한 마리도 가지 말자꾸나."
 그다음 해 그 농장에서는 감을 구경할 수 없었다.

용봉탕

   거대한 폭포 앞에는 폭포를 거슬러 올라가려는 잉어들로 붐볐다. 아들 잉어가 아빠 잉어에게 물었다.
   "아빠, 왜 우리가 폭포를 거슬러 올라가야 돼요?"
   아빠가 말했다.
   "잉어가 폭포를 거슬러 올라가면 용이 된다는 전설이 있단다."
   아들 잉어는 용이 될 꿈을 가지고 수십 년을 노력했다. 마침내 축적된 힘과 기술로 모두가 보는 앞에서 화려하게 폭포를 거슬러 올랐다. 폭포에 오르자마자 어부의 커다란 그물이 그를 덮었다.
   "엇차, 그놈 참 실하다. 오늘은 제대로 된 용봉탕을 먹을 수 있겠구나."
   어부는 잉어를 대바구니에 넣고 씩씩하게 집으로 돌아갔다.

쑥의 고난

 산기슭 농장으로 가는 작은 길에 쑥 가족이 왕성하게 뿌리를 내리고 있었다. 농장에 드나드는 사람들이 밟고 말이나 소가 밟아도 쑥은 새봄이 되면 끈질기게 다시 솟아났다. 그러다 농장주인이 사륜구동형 픽업트럭을 샀다. 이 톤 무게의 자동차가 길을 뭉개고 다니자 땅은 이내 벌건 속살을 드러내었다. 간신히 자동차를 피한 아들 쑥이 황토에 뭉개져 재생의 가망이 없는 아빠 쑥을 보고 결론지었다.
 "사람도 견디고 소도 견뎠지만, 역시 무시무시한 자동차에는 안 되는구면."

모퉁이 돌의 가치

디딤돌이 모퉁이 돌에게 말했다.
"너는 사는 게 지겹지도 않니?"
"아니."
"아니라니. 너는 종일 아무것도 않고 있잖니. 나는 그래도 사람들이 들고 나는 데 쓰임새가 있기나 하지."

쓰임새가 많은 디딤돌이 가만히 있는 모퉁이 돌을 비웃었다.
"아, 그러고 보니 아주 쓰임새가 없는 건 아니구나. 어제 옆집 강아지가 오줌 싸는 데 쓰임이 있었구나. 크크…"

집 모퉁이를 지나던 사람이 그 말을 듣고 웃으며 말했다.
"그래도 그 집을 지탱하는 것은 그 모퉁이 돌일세."

주말농장

 어느 교수가 연구에 열중하다가 머리를 식히려 시외로 나갔다. 공기 좋고 양지바른 산기슭을 따라 걸었다. 가다가 따뜻한 개울가 밭에서 파라솔을 펴고 낮잠을 즐기는 농부를 만났다. 밭도 넓고 토지도 비옥해 보였는데 작물은 가운데에 조금 키우고 있었고 주변에는 잡초가 무성했다. 한심하게 생각한 교수가 다가가 농부를 깨웠다.
 "아니 이렇게 잠만 주무시면 어떻게 합니까?"
 "그럼 어떻게 해야 하는데요?"
 농부가 되물었다.
 "이 좋은 밭에 채소를 길러서 돈을 벌어야지요."
 "돈을 벌면요?"
 "자꾸 더 벌어야지요."
 "더 벌면요?"
 "그러면 노후에 돈 걱정 없이 주말농장이나 하면서 놀 수 있지요."
 그러자 그 농부가 말했다.
 "지금 제가 그리하고 있습니다만."

호랑이의 평화

　고슴도치 가족이 모여 민달팽이로 평화로운 저녁 식사를 하고 있었다. 그때 운수 사납게 배고픈 호랑이 한 마리가 나타났다. 고슴도치들이 가시를 세우고 경계하자 호랑이가 평화협정을 제안하였다. 호랑이의 평화 조건은 고슴도치의 가시 제거였다. 자기에게 가시를 세우는 상대와는 평화를 논할 수 없다는 주장이었다. 고대하던 평화를 위해 고슴도치들이 스스로 가시를 제거했다. 고슴도치가 가시를 없애자마자 호랑이가 순식간에 잡아먹었다. 호랑이의 먹이가 되는 것을 피한 것은 끝까지 가시를 세우고 경계했던 막내 고슴도치뿐이었다.

고슴도치의 평화

고슴도치 가족이 모여 민달팽이로 평화로운 저녁 식사를 하고 있었다. 그때 운수 사납게 배고픈 호랑이 한 마리가 나타났다. 고슴도치들이 가시를 세우고 경계를 하자 호랑이가 평화협정을 제안하였다. 호랑이의 평화 조건은 고슴도치의 가시 제거였다. 자기에게 가시를 세우는 상대와는 평화를 논할 수 없다는 주장이었다. 고대하던 평화를 위해 고슴도치들이 스스로 가시를 제거하려 했다. 순간 막내 고슴도치가 나섰다. 고슴도치가 가시를 뽑으려면 호랑이도 발톱을 뽑아야 한다고 주장했다. 평화협정이 결렬되자 호랑이가 매우 분노하면서 떠나갔다. 고슴도치 가족은 평화로운 저녁 식사를 계속했다.

수도권 집중

 한 양봉업자가 목 좋은 곳에 꿀벌 통을 놓았다. 튼실한 여왕벌이 있어서 꿀벌들은 곧 2만 수가 넘게 되었다. 늙은 꿀벌이 여왕벌에게 분봉을 추천하였다.
 "우리 벌통이 이제 비좁습니다. 따님 한 분을 옆 비어 있는 벌통으로 보내시지요."
 젊은 꿀벌이 말했다.
 "어림없는 소리입니다. 여기에 직장도 있고 학군도 좋고 문화시설도 다 있는데 누가 가려고 하겠습니까? 거주이전의 자유를 존중하셔야 합니다."
 나날이 쌓여 가는 꿀의 향취에 도취해 있던 여왕벌이 젊은 꿀벌의 손을 들어 줬다. 그러던 어느날 커다란 말벌이 날아들어 벌집 입구를 장악하더니 꿀벌들을 죽이기 시작했다. 하루도 안 되어 2만 수의 꿀벌들이 몰살당했다. 꿀벌들이 죽자 벌집 깊숙이 자리 잡고 있던 여왕벌도 마침내 굶어 죽었다. 추운 겨울날 꿀을 채취하러 왔던 양봉업자가 썩은 벌들로 지저분해진 벌집을 보았다. 혀를 차더니 벌집을 부숴서 모닥불을 피우는 데 던져 넣었다.

가스라이팅

아침 등굣길에 돼지 가족 사이에 한바탕 푸닥거리가 일어났다. 아빠 돼지가 아들 돼지에게 말했다.
"애야, 건널목 조심하고 집 열쇠 잘 챙겨라."
아들 돼지가 말했다.
"맨날 하는 잔소리 지겨워요. 그만하세요."
아빠 돼지가 말했다.
"아니 벌써 몇 번이나 집 열쇠를 안 가져가서 고생한 녀석이. 잘못을 고칠 생각은 안 하고."
엄마 돼지가 아들 돼지의 역성을 들었다.
"여보 당신 지금 아이에게 가스라이팅하는 거예요."
"아니 당신은 또 그런 소리는 어디서 들어 가지고."
"여하튼 잘못했다는 지적은 하지 말아 주세요. 자존심 상해요."
아들 돼지가 거만하게 말했다.
아빠 돼지가 혀를 차며 말했다.
"어리석은 것도 문제고, 고집 센 것도 문제이지만, 어리석고 고집이 세면 대책이 없구나."

아기 금의 시련

아기 금이 태어난 곳은 하얗고 딱딱한 돌 속이었다.
"엄마, 어디 있어?"
"응, 여기 있다. 지금은 돌 때문에 볼 수 없어. 좀 더 기다려야 엄마를 볼 수 있을 거야. 참을 수 있겠지?"
사람들이 와서 아기 금이 섞인 돌을 캐내어 깨트리기 시작했다. 엄청난 돌들을 깨뜨리고 나서야 간신히 아기 금의 자태가 드러났다. 아직도 돌이 섞여 있자 사람들이 아기 금과 납을 섞어 불에 태웠다. 재를 만들고 그 재를 다시 물에 빠트렸다. 이 과정에서 아기 금은 몸이 산산이 부서지고 불타고 납과 재에 섞이는 고통을 겪었다. 몇 번을 찢기고 까무러친 후 시원한 물에 몸이 담가지고 나서야 아기 금이 간신히 눈을 떴다.
"아가야, 어서 온. 많이 힘들었지?"
아기 금은 드디어 노랗게 찬란히 빛나는 엄마 금의 웃음을 볼 수 있었다.

일찍 피는 들꽃

 겨울의 찬 바람이 아직 가시지 않은 때였다. 산기슭 응달에는 잔 눈조차 쌓여 있었다. 엄마 들꽃의 재촉으로 간신히 칼바람 속에 고개를 내민 아기 들꽃이 불평했다.
 "엄마, 아직 겨울바람이 찬데 왜 이리 서두르는 거야?"
 "아이구, 우리 아기 많이 추웠어요?"
 "아직 봄이 아니잖아? 엄마는 그것도 몰라?"
 그러자 엄마 들꽃이 아기 들꽃을 조용히 타일렀다.
 "애야, 때는 지금뿐이란다. 봄이 오는 것을 모두가 알게 되면 우리처럼 연약하고 키 작은 들꽃들이 햇볕을 쬐고 꽃을 피우고 열매를 맺을 기회가 영영 없어지기 때문이지."

천상회의 첫째 날

　예수와 석가, 마호메트, 공자, 노자, 단군이 함께 모여 회의를 했다.
　예수가 말했다.
　"우리 지금까지 해 온 일에 회의가 듭니다. 왜 사람들이 이토록 평화롭게 사는 것을 두려워할까요? 마호메트는 어떻게 생각합니까?"
　마호메트가 말했다.
　"참 어이가 없지요. 당신과 나의 이름으로 서로 죽고 죽이니 말이지요."
　석가가 말했다.
　"예수 당신이 한 번 더 내려가 보는 게 어떨까요? 그래도 추종자가 제일 많으니 말입니다."
　이런저런 논의가 더 있었지만, 예수가 한 번 더 세상에 내려가 보기로 하고 천상회의가 종료되었다.

개구리 마을 지키기

넓은 호숫가에 커다란 개구리 마을이 있었다. 풀이 우거지고 따뜻한 호수여서 개구리들은 즐겁게 살고 있었다. 어느 날 개구리 마을 옆으로 뱀 가족이 옮겨 왔다. 뱀들은 개구리를 보며 입맛을 다셨다. 겁에 질린 개구리들이 개구리 마을을 지키기 위해 회의를 열었다. 뱀의 횡포를 막을 수 있는 가장 좋은 방법으로 호수 안에서 사는 힘 좋은 황새를 왕으로 모시자는 의견이 나왔다. 노인 개구리들은 산 개구리가 황새의 먹이라고 반대했다. 그러나 황새의 날카로운 주둥이와 아름다운 깃털에 매혹된 개구리들이 마침내 황새를 개구리의 왕으로 모셨다. 한 해가 채 지나지 않아 개구리 마을에서는 개구리를 찾을 수가 없었다.

길고 깊은 밤

새벽이 다가오자 길고 깊은 밤에게 밝고 맑은 낮이 말했다.
"길고 깊은 밤아, 안녕?"
길고 깊은 밤이 밝고 맑은 낮에게 말했다.
"안녕하지 못해. 간밤에도 꼬박 깨어 있었단다."
밝고 맑은 낮이 말했다.
"너무 힘들었겠구나. 보이는 것이라곤 반짝이는 별과 가끔씩 모습을 바꾸는 달뿐이니. 모든 사람들은 낮을 사랑하고 칭송하지. 밤은 두려움과 공포의 대상이야. 오죽하면 밤을 물리치기 위해 휘황찬란한 전등들을 켜 놓지 않니?"
길고 깊은 밤이 한숨을 쉬며 말했다.
"그래서 좀 쉬고 싶어. 모두가 사랑하는 네가 이 세상을 좀 더 오래 지켜 주지 않겠니?"
낮이 밤을 아끼는 마음으로 밤의 제안에 동의하였다. 세상에는 밤이 없어졌다. 낮이 하루 종일 비추었다. 모든 것의 성장은 두 배로 빨라졌다. 밤을 밝히는 비용도 절약되었다. 모두가 환호성을 질렀다. 그러나 얼마 가지 않아 세상은 알게 되었다. 밤이 없어지고 쉴 수가 없으니 모든 것의 수명도 두 배로 짧아졌다는 것을.

새벽기도의 효능

 바그다드의 왕이자 이슬람의 교주인 하룬 알 라시드는 매일 새벽 알라신에게 기도를 드렸다. 마신이 교주에게 굴복할 수밖에 없는 이유였다. 어느 날 새벽기도를 빼먹게 되었다. 그날 새벽에 알 라시드가 그토록 바라던 아들 왕자가 태어났기 때문이다. 새벽기도가 그친 틈을 타 마신이 살짝 재를 뿌리고 갔다. 귀여운 왕자가 잘 자라기를 바라며 왕은 왕자의 교육에 정성을 쏟았다. 아쉽게도 아버지가 정성을 쏟을수록 아들은 빗나가기만 했다. 알 라시드 교주가 숨을 거두자 왕자가 왕위를 이어받았다. 그리고 빗나간 아들 때문에 바그다드 왕국은 산산조각이 났다.

물닭의 환희

봄날 남강 위로 크고 하얗고 잘생긴 백조와 작고 시커멓고 못생긴 물닭들이 섞여서 놀고 있었다. 강물은 넓고 맑았지만 못생긴 물닭들은 크고 잘생긴 백조들을 피해 한쪽 구석으로 찌그러져 놀아야 했다. 강변을 산책하는 사람들도 잘생긴 백조들의 사진만 찍었다. 아기 물닭이 한탄했다.
"엄마는 왜 우리를 이렇게 낳아서 맨날 백조에게 기죽고 살아야 하는 거야?"
엄마 물닭이 풀죽은 목소리로 대답했다.
"아가야, 못생겨서 미안하다."
그 순간 거대한 독수리 떼가 물 위에 나타났다. 독수리 떼는 아침 식사거리를 찾느라고 천천히 강 위를 회전하기 시작했다. 강물에서 산책하던 모든 생명체들이 필사적으로 독수리의 눈길을 피해 달아났다. 물닭들도 잽싸게 수초들 사이로 숨었다. 몸이 작고 시커멓기 때문에 독수리들이 쉽게 찾을 수 없었다. 백조들은 몸집이 크고 하얗기 때문에 수초 사이로 숨어 봤자 독수리의 눈을 피할 수 없었다. 몇몇 백조들이 순식간에 독수리의 아침거리로 사라졌다. 독수리 떼가 사라지고 나자 강 위는 평화를 되찾았다. 물닭들도 수초를 벗어나 천천히 강 가운데로 나아갔다. 자부심과 환희에 몸을 떨면서.

삼만 번

 강아지 메리는 아기 철수가 두 발로 걷는 모습이 엄청 부러웠다. 혼자 수십 번을 시도해 보았지만 결국 실패하고 말았다. 메리가 메리 엄마에게 투덜거렸다.
 "엄마, 나도 철수처럼 두 발로 걸을 수 있는 거야?"
 "한번 해 보렴."
 "수십 번 해도 안 되니 그렇지."
 그러자 메리 엄마가 사랑이 가득 담긴 눈초리로 타일렀다.
 "얘야, 사람도 아기가 걷게 되려면 대략 열 달 동안 삼만 번을 넘어져야 한단다."

천상회의 둘째 날

예수와 석가, 마호메트, 공자, 노자, 단군이 개최한 천상회의 첫째 날의 회의 결과에 따라 예수가 한 번 더 지상으로 보내어졌다. 지속되는 인간들의 고통과 어리석음에 안타까워하던 예수는 있는 힘을 다해 진리를 전파하고 병을 치료하였다. 예수의 복음 전파가 인기를 얻게 되자 지금까지 영적 권위를 독점하여 부와 권력을 누리던 여러 종교의 성직자들이 커다란 위협을 느끼기 시작하였다. 마침내 이 문제로 예루살렘에서 세계종교협의회가 개최되었다. 이 협의회는 로마교황을 대표로 삼아 문제를 해결할 것을 의결하였다. 혹시 진짜 예수일지도 모른다는 망설임이 있었지만, 종교계의 공공질서가 우선이라는 강경론이 우세했다. 일단 예수를 유치장에 구금하기로 하였다. 종교질서교란혐의로 유치장에 구금된 예수가 이들이 어찌하나를 두고 보는 데 한 사람이 더 같은 죄로 수감되는 것을 보았다. 예수의 제자 바울이었다. 난감한 상황을 맞이하여 예수가 당황하는 사이 지상에서는 또 천 년이 지나갔다. 천상의 하루가 지상에서는 천 년이었기 때문이다.

매미 소리

매미가 여름 농장에서 시원하게 울어 댔다. 할아버지는 손주가 잠자리채를 들고 매미를 잡겠다고 뛰어다니는 모습을 보면서 한마디 했다.

"애야 조심하렴. 그리고 매미에게 배워야 할 게 있다. 매미는 단 2주간만 낼 수 있는 저 소리를 위해 애벌레로 17년을 땅속에서 보내고 6시간이나 껍질을 벗어야 할 뿐 아니라 몸의 절반을 비우는 고통을 겪고 있단다."

원숭이 손

 오른손으로 밥을 먹고 왼손으로는 뒤를 닦는 원숭이 나라가 있었다. 어느 날 오른손으로만 밥을 먹어야 한다는 법령이 발표되었다. 왕의 파티에서 무심코 왼손으로 밥을 먹는 자가 있었기 때문이다. 그 후 전쟁이 일어나 하필이면 오른손이 잘린 부상자들이 많이 생겼다. 이들은 다 죽었는데, 부상 때문이 아니었다. 굶어 죽었다.

별, 희망 그리고 구름

 아기별이 구름 때문에 짜증을 부렸다. 구름이 잔뜩 끼어 사람들이 별을 볼 수 없게 만들었기 때문이다. 사람들은 별을 보며 길을 찾고 별을 보며 희망을 얻는데 구름이 이를 가리다니 부당한 일이라 생각했다.
 아기별의 짜증을 듣고 있던 엄마별이 조용히 아기별을 타일렀다.
 "아가야, 구름에 짜증 낼 일이 아니다. 구름이 없으면 비가 없고, 비가 없으면 곡식이 자라지 못하지. 곡식이 자라지 못하면 사람들이 살 수 없어. 그러니 별은 구름이 있어야 희망의 상징이 된단다."

토끼와 암스트롱

 달나라에 우주선이 착륙하였다. 절구통에 방아를 찧고 있던 토끼가 달려갔다.
 "아니 이 사람들아. 방아를 찧고 있는데 이렇게 먼지를 날리면 어떡하나?"
 우주선 트랩을 내려오던 암스트롱이 송구스러운 목소리로 대답했다.
 "정말 죄송합니다. 저는 정말 토끼가 여기 있을 줄은 몰랐걸랑요."

거북이의 경주

 토끼와 거북이가 달리기 경주를 했다. 토끼가 한참 뛰다 뒤를 돌아보니 저 멀리에서 거북이가 땀을 뻘뻘 흘리며 기어 오고 있었다. 좀 쉬었다 갈 요량으로 누웠다가 잠이 들었다. 거북이는 쉬지 않고 목표를 향해 나아갔다. 잠에서 깬 토끼가 깜짝 놀라 달려갔지만 이미 거북이는 결승선을 통과하고 있었다. 이 달리기 후로 토끼는 거북이에게 다시 한번 달리기 경주를 하자고 계속 졸랐다. 그러자 참다못한 거북이가 한마디 했다.
 "토끼야, 그 경주가 내게는 일생에 오직 한 번 오는 기회였단다."

게으른 노루

 노루가 자기 주위의 수풀을 거닐며 풀을 맘껏 뜯어 먹었다. 풀이 노루에게 말했다.
 "어지간히 먹어라. 여기저기 다니며 고루 먹어야지. 여기서만 먹으니 풀뿌리도 살아남기 어렵겠다."
 게으른 노루가 말했다.
 "내 맘이야."
 얼마 후 호랑이가 나타났다. 다들 수풀 속으로 몸을 숨겼다. 노루는 자기 주위를 다 뜯어 먹었기 때문에 겨우 머리만 숨기고 살진 엉덩이는 드러나게 되었다. 게으른 노루는 배고픈 호랑이의 밥이 되었다.

씨앗 삼 형제

 농부가 밭에 나가 씨를 뿌렸다. 씨앗 삼 형제는 같은 그릇에 살다가 농부의 손길을 따라 여기저기로 흩어졌다. 첫째는 돌밭에 떨어졌다. 서로를 향한 증오가 너무 단단하고 뜨거워 씨앗은 곧 말라비틀어졌다. 둘째는 가시덤불에 떨어졌다. 너무 많은 염려와 걱정 때문에 씨앗은 간신히 싹만 틔울 수 있었다. 막내는 옥토에 떨어졌다. 옥토는 씨앗이 가진 본성을 잘 키워 주었기 때문에 오십 배 백 배의 열매를 맺을 수 있었다.

하루살이의 꿈

개울가에 살던 하루살이가 기나긴 애벌레 생활 끝에 마침내 허물을 벗었다. 이른 저녁에 날개를 활짝 펼치며 지금까지의 고난을 생각해 보니 얼마나 즐거운지 기쁜 웃음을 참을 수 없었다. 그리고 지금부터 자기가 할 수 있는 일, 하고 싶은 일들을 생각하기 시작했다. 입이 없어 먹지는 못하지만 우선 어디까지 날 수 있는지 올라가 보자. 꽃도 보고 나무도 보고 새도 보자. 사람도 보고 차도 보고 집도 보자. 생각하면 할수록 할 게 더 많아졌다. 안 돼. 정신을 차리자. 밝은 낮이 되면 하루에 하나씩 차분히 구경해야지. 하루에 하나씩만 해도 1년이면 삼백육십오 개의 꿈을 이룰 수 있지 않을까? 하루살이는 기쁜 마음으로 새 아침을 맞이하였다. 그리고 바로 그날 아침 밝게 뜨는 해를 보며 세상을 떠났다.

생각은 열어 놔야지

 개미 형제들이 줄을 지어 길을 나섰다. 백 미터쯤 떨어진 곳에 죽어 있는 지렁이를 끌어오기 위해서였다. 지렁이 소식을 알려 주었던 개미가 흘린 페로몬 냄새를 따라 행진하였다. 오십 미터쯤 갔을 때 혼란이 발생했다. 지나던 강아지가 페로몬이 묻은 돌을 톡 치는 바람에 길이 끊어졌기 때문이다. 개미 형제들이 웅성웅성 모여 회의를 했다. 세 패로 나누어졌다. 집으로 돌아가자는 패, 일단 직선으로 돌진하자는 패, 우회하더라도 페로몬 돌을 찾아가자는 패로 나뉘었다. 한참 논의 끝에 결론이 내려졌다. 세 가지를 다 해 보자는 결론이었다. 개미들은 마침내 두 달 먹을 식량을 확보할 수 있었다.

거북이의 자부심

아기 거북이들이 강가에 나와 햇볕을 쬐고 있었다. 산책을 나온 아이들이 거북이를 보고 모여들었다. 거북이 등껍질이 정말 아름답다는 둥, 할아버지 거북이는 벌써 백 살이 넘었다는 둥, 찬사를 늘어놓았다. 아기 거북이가 자부심에 차서 한마디 했다.

"우리는 천하무적이야. 등껍질 안으로 들어가면 아무도 우릴 해치지 못하지."

할아버지 거북이 충고했다.

"그래도 강가의 도로에 올라가서는 안 된다."

자부심에 가득 찬 아기 거북이가 할아버지의 충고를 어기고 기어이 강변도로에 올라섰다. 차들이 아기 거북이를 피하느라고 난리도 아니었다. 그러다 밤이 어두워서 미처 거북이를 발견하지 못한 덤프트럭이 아기 거북이를 밟고 지나갔다. 거북이는 등껍질과 함께 산산조각이 나 사라졌다.

여우의 보이스피싱

간이 배 밖으로 나온 여우 한 마리가 늑대의 탈을 쓰고 늑대 집으로 찾아갔다. 대문을 두드리자 아기 늑대가 나왔다.

"누구세요?"

여우가 말했다.

"응, 나는 늑대 경찰인데 불법으로 사냥한 토끼가 있다는 소식을 들어 압수하러 온 거야."

겁이 난 아기 늑대는 늑대탈을 쓴 여우에게 토끼고기를 주었다.

엄마 늑대가 집에 돌아와 토끼고기가 사라진 것을 보았다.

"늑대 경찰이 가져갔다고? 어떻게 생겼었니?"

아기 늑대가 말했다.

"지금 생각해 보니 얼굴과 목소리는 늑대인데 몸통은 여우였어요."

그러자 엄마 늑대가 웃으며 말했다.

"애야, 토끼고기를 뺏겼다고 섭섭해할 거 없다. 곧 여우고기를 먹을 수 있을 테니."

친구는 소중하다

　아기 강아지가 엄마와 함께 길을 가다가 길가에서 햇볕을 쬐고 있는 남생이 한 마리를 발견하였다. 다가가서 앞발로 건드려 보았다. 엄마가 말했다.
　"얘야. 걔를 귀찮게 하지 말렴. 친구로 지내야지."
　엄마 말대로 둘은 친구가 되었다. 하루는 엄마가 주인과 함께 외출한 틈을 타 아기 강아지도 산책에 나섰다. 그러다가 발을 헛디뎌 깊은 고랑에 빠졌다. 강아지가 울부짖었지만 아무도 구하러 오는 이가 없었다. 강아지는 절망과 공포에 휩싸였다. 그때 고랑 한편에서 남생이가 나타났다. 아기 강아지 옆으로 와서 강아지 발이 물에 젖지 않도록 가만히 몸을 대 주었다. 남생이의 등을 쓰다듬는 것만으로도 절망과 공포가 많이 가셨다. 날이 저물어 엄마가 주인과 함께 돌아왔다. 둘은 강아지를 찾아 나섰고 곧 고랑에 빠진 강아지를 구해 주었다. 남생이도 조용히 자기 집으로 돌아갔다.

차선의 선택

아기곰이 밥투정을 부렸다. 엄마 곰이 모아다 준 먹이 중에 아기곰이 제일 좋아하는 연어가 없었기 때문이다. 엄마 곰이 늘어놓은 도토리, 칡뿌리, 가재, 물새알, 두더지를 보며 얼굴을 찡그렸다.

"난 싫어, 먹고 싶지 않아."

아기곰이 말했다. 그러자 엄마 곰이 웃으며 타일렀다.

"애야, 먹지 않으면 죽는단다. 이제 먹는 방법을 말해 주마. 제일 먹고 싶지 않은 것부터 발로 살짝 밀어 두거라. 그러다 보면 가장 나중에 남는 것이 있을 거야. 그게 오늘 네가 먹어야 할 식사란다."

정직한 거짓말

 거짓말을 정말 못하는 화란의 구두 수선공 집에 나치독일의 비밀경찰들이 들이닥쳤다. 유대인들을 체포하여 아우슈비츠의 화장터로 보내기 위해서였다. 비밀경찰이 무서운 얼굴을 들이대면서 소리쳤다.
 "여기 유대인을 숨겨 두지 않았소? 바른대로 말하시오!"
 구두 수선공은 가슴이 두근거리며 터질 것 같았다. 사실 유대인 가족 세 명을 집 뒤 헛간의 건초 사이에 숨겨 두었기 때문이었다. 그 사실을 말하면 유대인 가족들은 죽게 될 것이었다. 구두 수선공은 목소리를 가다듬고 구두 수선을 하는 선반을 주먹으로 내리치면서 소리를 질렀다.
 "여기에 유대인이 있을 리가 있소?"
 비밀경찰들은 너무나 확고하고 당당한 구두 수선공의 대답에 만족한 얼굴을 하면서 돌아갔다.

거짓말도 버릇이다

아기 다람쥐들에게 엄마 다람쥐가 밤톨 한 개와 도토리 두 개를 점심으로 나눠 주었다. 밤톨을 더 먹고 싶었던 아기 다람쥐가 잽싸게 밤톨을 까먹고 엄마 다람쥐에게 말했다.
"엄마, 내 점심에는 왜 밤톨이 없지?"
엄마 다람쥐가 아기 다람쥐 발밑에 흩어져 있는 밤껍질을 가리키며 말했다.
"얘야. 한번 거짓말하면 곧 버릇이 된단다. 조심해야지."

박쥐의 운명(1)

 날짐승과 들짐승 사이에 전쟁이 시작되었다. 땅은 들짐승의 것이라는 사상을 주장하는 자들이 들짐승들 사이에서 권력을 잡았기 때문이다. 이들은 날짐승이 땅에 착륙할 때 세금을 내야 한다고 주장했다. 날짐승은 당연히 거부했고 따라서 전쟁이 시작되었다. 박쥐는 들짐승이 대세일 때 자신의 날개를 접고 들짐승 시늉을 했다. 날짐승이 몇 차례 승리를 거두자 날개를 펴며 날짐승임을 주장했다. 양측 모두 박쥐를 미워하게 되었다. 박쥐는 결국 모든 짐승들이 꺼리는 동굴 깊숙이로 쫓겨났다.

박쥐의 운명(2)

날짐승과 들짐승의 전쟁이 장기화되었다. 짐승들의 시체가 쌓이고 썩어서 살 곳이 줄어들 정도였다. 모두 이대로 살 수는 없다는 생각을 하게 되었다. 하지만 서로를 몹시 미워하고 있었기 때문에 대화 자체가 힘들었다. 우연히 박쥐가 나서게 되었는데 날짐승이기도 하고 들짐승이기도 한 그 모습 때문에 대화의 중재자가 되었다. 마침내 박쥐의 중재로 짐승 세계에 평화가 찾아왔다. 모두가 박쥐를 찬양하고 박쥐의 동상을 세워 그의 역할을 기념하였다.

전쟁이란

 벌 군단과 개미 군단 사이에 전쟁이 벌어졌다. 개미들이 먹이를 찾는답시고 자주 벌집을 건드렸기 때문이다. 전쟁을 시작할 때 벌들은 수월하게 개미들을 이길 줄 알았다. 그러나 벌의 수를 수십 배 능가하는 개미의 수와 개미 특유의 결속력 때문에 벌집도 망할 위기에 처했다. 벌들이 사신을 보내 개미에게 화친을 요구했다. 그러나 이미 많은 사상자로 분개하던 개미의 사신이 말했다.
 "전쟁이란 그대가 원할 때 시작할 수 있으나 끝날 때는 그럴 수 없다."

비단신

산골에서 왕 노릇 하는 호랑이의 생일날이 되었다. 각종 짐승들이 함께 모여 생일 잔치를 벌였다. 토끼는 춤추고 늑대는 노래했다. 여우가 사람들에게서 훔쳐 온 비단신을 생일 선물로 바쳤다. 호랑이가 물었다.

"이것이 무엇인고?"

여우가 말했다.

"사람들의 왕이 신는 비단신입니다."

평소에 사람들을 부러워하던 호랑이가 기뻐하며 비단신을 신었다. 비단신을 신으려면 먼저 발톱을 깎아야 했다. 얼마 안 가 산골에서 호랑이를 무서워하는 자들이 사라졌고 호랑이도 왕에서 물러나야 했다.

먹이사슬

 여치 한 마리가 풀을 뜯고 있었다. 풀을 뜯어 먹던 여치를 개구리가 잡아먹었다. 풀을 먹던 여치를 먹는 개구리를 뱀이 잡아먹었다. 풀을 먹던 여치를 먹던 개구리를 잡아먹은 뱀을 독수리가 잡아채서 새끼들에게 아침밥으로 나눠 주었다. 풀을 먹던 여치를 먹던 개구리를 먹던 뱀을 잡아채서 나눠 먹은 독수리가 죽자 굼벵이들이 와서 깨끗이 뜯어먹었다.

썩은 동아줄

 마을 잔치가 끝나고 일을 도와주던 엄마가 늦은 밤에 떡 바구니를 이고 고개를 넘고 있었다. 나쁜 호랑이가 나타나 엄마에게 말했다.
 "떡 하나 주면 안 잡아먹지."
 엄마는 오누이와 함께 먹으려 가져가던 떡을 고개를 넘을 때마다 하나씩 호랑이에게 주었다. 여섯 번째 고개를 넘자 떡이 다 떨어졌다. 떡이 떨어지자 호랑이는 엄마를 잡아먹었다. 이번에는 오누이를 잡아먹으려고 엄마의 치마저고리를 입고 엄마를 기다리는 오누이의 집으로 갔다. 엄마가 왔다는 말을 듣고 사립문을 열어 주던 오누이는 엄마의 손과 발에 시커먼 털과 날카로운 발톱이 있는 것을 보고 놀라서 지붕으로 도망쳤다. 호랑이가 사다리를 찾아 지붕으로 올라오자 오누이는 간절히 빌었다.
 "하느님, 살려주세요."
 하느님이 듣고 튼튼한 동아줄을 내려 주었다. 하늘로 올라간 오빠는 해님이 되고 누이는 달님이 되었다. 호랑이도 질투가 나서 하느님에게 동아줄을 내려 달라고 빌었다. 하느님이 이번에는 썩은 동아줄을 내려 주었다. 호랑이가 썩은 동아줄을 타고 올라가다가 줄이 끊어져 수수밭에 떨어졌다. 수수밭은 엉덩이가 찔린 호랑이의 피로 빨갛게 물이 들었다.

개미와 베짱이(1)

 한 마을에 개미와 베짱이가 살았다. 개미는 여름 내내 열심히 땀 흘려 일하고 베짱이는 시원한 그늘에서 노래하며 놀았다. 겨울이 되자 개미는 따뜻한 구들목에서 배불리 먹으며 지냈고, 베짱이는 헐벗은 몸으로 추위에 떨며 개미에게 구걸해 먹고살았다.

개미와 베짱이(2)

한 마을에 개미와 베짱이가 살았다. 개미는 여름 내내 열심히 땀 흘려 일하고 베짱이는 시원한 그늘에서 노래하며 놀았다. 겨울이 되자 개미는 따뜻한 구들목에서 배불리 먹으며 지냈고, 베짱이는 헐벗은 몸으로 추위에 떨며 개미에게 구걸해 먹고살았다. 그러던 어느 날 마을을 지나던 풍뎅이가 우연히 베짱이의 노래를 들었다. 풍뎅이는 노래판매상이었는데 베짱이의 노래를 많은 돈을 주고 샀다. 베짱이는 개미가 10년을 일해야 벌 만한 돈을 한 번에 받아 부자가 되었다.

멧돼지의 먹이 찾기

 아기 멧돼지가 굶어 죽을 위기에 처했다. 젖을 주던 엄마가 사냥꾼의 올무에 걸려 죽었기 때문이다. 혼자 남은 아기 멧돼지가 눈에 보이는 풀을 뜯어 먹었지만 독초 때문에 혼이 났다. 그때 주말농장을 하는 농부가 아들에게 타이르는 말이 들려왔다.
 "아들아, 여기 멧돼지 발자국이 있는 걸 보니 고구마밭을 잘 돌봐야겠구나. 멧돼지가 코로 땅을 헤집어 고구마 뿌리를 캐 먹을지도 모르니…"
 아기 멧돼지는 밭 주인들이 가고 난 다음 코로 땅을 헤집어 고구마를 캐 먹었다. 마침내 엄마가 없어도 먹이를 찾는 방법을 알아냈다.

총리의 보물창고

어느 날 왕이 아무도 모르게 혼자 들판으로 나아갔다가 길을 잃었다. 어느 총명한 목동을 만나 무사히 성으로 돌아올 수 있었다. 왕은 보답으로 목동을 왕실 학교에 넣어 주었다. 그는 열심히 공부하여 왕의 총애를 받는 신하가 되었다. 그리고 마침내 국무총리의 자리에 올랐다. 평민 출신 총리의 빠른 출세가 못마땅하여 그를 헐뜯는 사람들이 생겼다. 성실하고 근면하며 검소한 삶을 사는 총리를 헐뜯기가 쉽지 않았다. 그러다가 그들은 총리 집에 총리 부인조차도 출입할 수 없는 밀실이 있다는 사실을 알게 되었다. 총리를 모함하려는 자들은 왕에게 총리가 부정한 재물을 모으는 보물창고를 가지고 있다고 고소하였다. 왕도 총리의 보물창고가 궁금하여 집으로 직접 행차하였다. 총리의 완강한 거부에도 불구하고 왕의 명령으로 마침내 밀실을 열게 되었다. 밀실에는 총리가 목동 시절에 입었던 낡은 옷과 지팡이 그리고 뿔피리가 있었다. 총리가 말했다.

"왕이시여. 저는 가끔 이 방에 들러 제가 어디에서 왔었는지를 돌아보고, 제가 지금 가지고 있는 모든 것을 주신 왕의 은총을 되새기나이다."

왕은 크게 감동하였다. 총리의 보물 이야기를 나라의 역사책에 올리게 하고, 총리를 모함한 자들은 먼 곳으로 추방하였다.

붕어의 연못

 깊은 숲속에 작은 연못이 있었다. 맑고 깨끗하여 많은 동물이 와서 목을 축였다. 어느 날 붕어 두 마리가 개울을 거슬러 올라와서 그 연못에 자리 잡았다. 붕어를 발견하고 입맛을 다시던 여우가 물에 젖지 않고 붕어를 잡아먹을 궁리를 하였다. 먼저 붕어들에게 다가가 친구가 되었다. 그리고 붕어들이 서로 자기가 연못의 주인이라 믿도록 이간질했다. 붕어들 사이에 큰 싸움이 나서 둘 다 깊은 상처를 입고 마침내 죽었다. 붕어들이 물속에서 썩어 갔다. 작은 연못 물도 붕어와 함께 썩었다. 동물들이 마실 수 없는 물이 되자 아무도 그 연못을 찾지 않았다.

금붕어 할머니

　어느 바닷가에서 욕심 많은 할머니와 마음 착한 할아버지가 살고 있었다. 하루는 할아버지가 바닷가에서 그물을 던졌는데 크고 아름다운 금붕어가 잡혔다. 금붕어가 눈물을 흘리며 놓아 달라고 애원하자 할아버지는 불쌍하게 여겨 놓아 주었다. 집에 돌아와 이야기하니 할머니가 허튼짓을 했다고 나무랐다. 쓸쓸히 바닷가로 나온 할아버지에게 금붕어가 찾아왔다. 자신은 용왕의 아들이며 소원이 있으면 들어줄 수 있다고 말했다. 이 말을 전해 들은 할머니가 할아버지에게 요구했다.
　"고래 등 같은 기와집을 달라고 하세요."
　"금돈 은돈을 산더미처럼 달라고 하세요."
　금붕어는 할머니의 소원을 차례로 다 들어주었다. 그러자 고래 등 같은 기와집에서 비단옷을 입고 금돈 은돈을 세던 할머니가 할아버지에게 새로운 요구를 했다. 할머니의 요구를 들은 할아버지가 지친 얼굴로 금붕어를 찾았다.
　"금붕어야, 금붕어야, 할머니의 소원이다. 할머니가 금붕어 구이를 먹고 싶단다."
　그 말을 들은 금붕어는 슬픈 얼굴로 할아버지를 떠났다. 그 순간 할머니가 살던 기와집과 세고 있던 금돈 은돈도 연기처럼 사라졌다.

용감한 강아지

　외양간에서 황소가 여물을 먹고 있었다. 집주인의 강아지가 황소의 식사를 방해했다. 배가 고픈 황소는 이리저리 강아지의 방해를 피해 가며 여물을 먹었다. 황소가 자기를 피한다는 것을 안 강아지가 이제는 황소를 발로 차기도 하고 물기도 했다. 강아지가 친구들에게 자랑했다.
　"봤지? 황소가 내게 꼼짝 못 하지?"
　황소가 그 말을 듣고 웃으며 말했다.
　"그래, 네가 이겼다. 하지만 내가 정작 두려운 것은 너를 애지중지하는 네 주인이란다."

토끼와 거북이

바다에 사는 용왕님이 큰 병에 걸렸다. 용궁의 의사가 토끼 간을 먹으면 낫는다는 처방을 내렸다. 용왕의 호위대장이며 뭍의 사정에 밝은 거북이가 토끼 간을 구하려 육지로 올라왔다. 숲을 헤매다 간신히 토끼를 만났다. 바닷속 용궁의 보물을 구경시켜 준다는 거북이의 말에 호기심이 동한 토끼가 용궁 구경에 따라나섰다. 용궁에 도착한 거북이가 토끼에게 용궁의 기기묘묘한 보물들을 구경시켜 주었다. 구경이 끝나고 용왕님 앞에 도착한 토끼는 용궁 구경의 대가가 자기의 간이라는 사실을 깨달았다. 이 말을 들은 토끼는 매우 안타까운 표정으로 말했다. 자기가 사실은 때때로 간을 씻어 말리는데 마침 간을 빼서 널어놓고 왔다고. 용왕은 거북이에게 토끼를 호위하여 널어놓은 간을 무사히 가져올 것을 명령했다. 거북이의 호위를 받으며 뭍에 도착한 토끼가 깡충대며 거북이에게 말했다.

"뭍의 사정에 어두운 그대여, 무릇 뭍에 사는 짐승이란 몸에서 간을 빼면 다 죽게 된다네."

그제야 상황을 파악한 거북이가 말했다.

"묘한 자태와 뛰어난 지혜를 가진 그대여. 그대는 진실로 짐승들의 왕이 되기에 합당한 이일세."

여름벌레는 얼음을 알 수 없다

 뜨거운 여름철 나무 그늘에서 노래하던 매미가 땀을 흘리며 먹이를 지고 가던 개미를 보았다.
 "자네는 무엇 하려 그렇게 열심히 먹이를 나르는 겐가?"
 개미가 대답했다.
 "곧 겨울이 오면 땅이 얼음으로 덮여서 먹이를 찾을 수 없기 때문이지."
 매미는 개미의 생각을 이해할 수 없었다. 얼음이라니. 매미의 아버지도 할아버지도 그런 것을 본 적이 없었다. 아마도 개미가 어리석어서 그런 말을 믿는 걸 거야. 매미는 마음 편하게 결론을 내리고 계속 노래를 불렀다.

모래성 쌓기

 아이들이 해변에 나와 모래성을 쌓으며 놀고 있었다. 각자 구역을 나누어 성을 쌓았다. 누구 성이 더 크고 멋진지 경쟁했다. 점심까지 걸러 가며 모래성 쌓기에 열중하는 아이도 있었다. 심지어 각자의 모래성을 사고파는 일도 있었다. 해가 뉘엿뉘엿 떨어지고 추워지자 하나둘 집으로 돌아갔다. 마침내 해변은 아이들이 쌓은 모래성만 남았다. 밤이 깊어지고 거센 바람과 큰 파도가 들이치자 모래성들은 흔적도 없이 사라졌다.

두 마리의 소

 기우제에 참석하기 위해 온갖 장식으로 꾸민 소가 대로 한가운데로 뽐내며 걸어갔다. 길가에 비켜서 있던 짐수레를 끄는 소가 측은한 얼굴로 한마디 했다.
 "사람들이 그대를 온갖 장식으로 치장함은 곧 각을 떠서 제사상에 올리기 위해서이다. 이게 그렇게 자랑스러워할 일인가?"

돈돈 똥

혀가 짧은 서당 훈장님이 아이들에게 천자문을 가르치고 있었다. 문제는 혀가 짧아서 어떤 글자의 발음은 꼬이고 있다는 사실이었다. "동녘 동" 자를 가르치면서 이렇게 말했다.
"얘들아 이 글자는 돈돈 똥이다."
그러자 아이들이 따라 읽었다.
"돈돈 똥."
훈장님이 화를 내며 말했다.
"야 이놈들아, 이 글자는 돈돈 똥이 아니라 돈돈 똥이라니까?"

하루살이의 탄식

하루살이가 아침에 뜨는 해를 보며 탄식했다.
"저 해가 뜨면 내 삶도 끝이로구나. 므두셀라는 970년을, 팽조는 800년을 살았다는데 나는 간신히 하룻밤을 버티는구나."

멀리서 보면 희극

 공자가 자기 아들이 학교에서 급우를 두들겨 팼다는 소식을 듣고 어쩔 줄 몰라 했다. 채플린이 당황하는 공자의 어깨를 감싸안고 달래 주며 말했다.
 "걱정 말게. 누구의 인생이든 멀리에서 보면 희극이지만 가까이에서 보면 다 비극일세."

어차피 죽음

삶과 죽음이 죽고 사는 문제를 두고 가위바위보를 했다.
"가위, 바위, 보!" 삶이 이겼다.
"가위, 바위, 보!" 삶이 또 이겼다.
"가위, 바위, 보!" 삶이 또 이겼다.
"가위, 바위, 보!" 죽음이 이겼다.
가위바위보에서 이기자 죽음은 바로 삶을 삼켰다.
그리고 말했다.
"어차피 죽을 때까지 하는 일이었지. 그래도 세 번이나 죽음을 이겼으니 대단하지 않은가?"

독수리의 먹이

 늘씬한 다리를 가진 백조가 통통하게 살이 찐 남생이의 외모를 놀렸다.
 "잘 먹어서 통통하게 살만 찌면 뭐 하니? 색깔은 물에 불어 칙칙하고 등에는 이끼가 자라고 있잖아."
 긴 부리로 잘 다듬어서 기름기가 번지르르한 하얀 깃털과 늘씬한 다리로 사뿐사뿐 걷는 백조를 보며 뚱뚱하고 못난 자신이 부끄러워진 남생이가 슬며시 물에 몸을 잠갔다. 순간 하늘을 배회하던 독수리가 쏜살같이 내려와 하얗고 살찐 백조를 잡아채 갔다.

농부의 마음

 농부가 밭에 나가 씨를 뿌렸다. 대개는 옥토에 떨어졌으나, 극히 일부가 혹은 길가에, 혹은 돌밭에, 혹은 가시덤불에 떨어졌다. 가시덤불에 떨어진 씨앗이 농부에게 항의하였다.
 "왜 저는 가시덤불에 떨어졌어요? 아프잖아요?"
 농부가 말했다.
 "아프다니 미안하구나. 그러나 씨 뿌리는 것은 오로지 내 맘이란다. 너는 항의할 정신이 있으면 거기서 어떻게 자랄 것인지나 생각하려무나."

사람은 자기 복으로 먹고산다

어느 마을에 어떤 사람이 장가를 갔다. 아이를 낳았는데 연달아 딸만 둘이었다. 몹시도 아들을 원했지만 셋째도 딸이었다. 홧김에 차라리 죽는 게 나았다는 뜻으로 이름을 살구라 지었다.

딸들이 자라서 시집갈 때가 되었다. 제일 예쁘고 현명하게 자란 살구에게 더 많은 재산을 줄 요량으로 아빠가 딸들을 모아 놓고 물었다.
"너희들은 누구 덕으로 살고 있니?" 첫째 딸과 둘째 딸은 "저희들은 아빠 덕으로 살고 있지요." 하면서 아양을 떨었다. 자기 차례가 되자 살구가 말했다. "저는 제 복으로 삽니다, 아버지." "그래? 그럼 어디 네 복으로 살아 봐라." 아빠는 화가 나서 살구를 집에서 쫓아냈다.

세월이 지나 욕심 많은 두 딸에게 재산을 나눠 주고 빈털터리가 된 영감이 거지꼴로 동구밖에 앉아 있었다. 새로 부임하는 고을 사또의 행차를 바라보며 예쁘고 현명했던 살구 생각이 나서 눈물을 흘렸다. 그때 사또 행차가 영감 앞으로 왔다. 가마 문이 열리더니 사또 마님이 된 살구가 달려 나왔다. "아버님, 살구가 왔습니다." 거지꼴이던 영감은 자기 복으로 행복하게 잘 살았다.

왜 하루살이는 입이 없는가

 신이 하루살이를 만들었을 때 하루만 살고 죽는 가냘픈 곤충이라 불쌍히 여겨 왕성한 번식력을 주었다. 가냘픈 암컷 한 마리가 삼천 개씩 알을 낳아서 자손이 끊어지지 않을 수 있었다. 문제는 이렇게 왕성한 번식력을 가진 하루살이가 뭐든 필사적으로 먹어 없앤다는 사실이었다. 세상이 하루살이로 덮이고 하루살이의 먹성으로 땅이 황폐해지자 모든 생명체들이 이구동성으로 신에게 하루살이 문제를 해결해 달라고 탄원했다. 신들이 모여 의논한 끝에 하루살이의 먹성을 줄이는 방법을 생각해 내었다. 하루살이 애벌레가 성충이 되면 입을 없애 버리는 방법이었다. 문제가 해결되었다. 신이 만족해하면서 말했다.
 "앞으로 어느 동물이든 먹성이 너무 좋아 문제가 되면 입을 없애 버려야겠군."

간디스토마

 자손이 귀한 어느 집에 삼대독자가 태어났다. 금이야 옥이야 귀하게 다루다 보니 아이가 좀 허약하게 자랐다. 어느 추운 겨울날 이 아이가 홍역에 걸려 목숨이 위태로워졌다. 아이의 건강을 위해 백일기도를 드리던 할머니에게 이웃집 아주머니가 좋은 처방을 알려 주었다. 홍역이 심할 때에는 생가재즙을 먹이면 좋다는 처방이었다. 할머니는 생가재를 얻기 위해 목숨을 걸고 눈 덮인 산골짜기를 헤맸다. 마침내 생가재를 찾았고 기쁨으로 즙을 내서 아이에게 먹일 수 있었다. 할머니의 정성 탓인지 홍역은 나았다. 그러나 얼마 지나지 않아 아이는 간디스토마로 죽었다.

물에 빠진 예수쟁이

오직 예수 그리스도만이 자신의 구주라고 믿는 예수쟁이가 어쩌다 바닷물에 빠졌다. 지나가던 행인이 줄을 던져 주었으나 오직 예수 그리스도만이 자신의 구주시라는 믿음으로 거부했다. 모터보트가 와서 타라고 했지만 이도 거부했다. 마침내 해안경비대 헬리콥터가 날아와 줄사다리를 내리며 잡으라고 했다. 예수쟁이는 이조차도 거부했다. 도리어 현대 과학에 생명을 의존하려 했던 자신의 연약한 믿음을 질책했다. 그리고 죽어 천당에 이르게 되었다. 천국 문에서 예수를 만난 예수쟁이가 의미 있는 항의를 했다.

"예수님, 산을 옮길 만한 저의 믿음을 아셨을 텐데 어찌 이리 빨리 천국으로 부르셨습니까? 제가 땅 위에서 주의 나라를 위해 많은 일을 할 수 있었습니다."

그러자 예수께서 측은한 눈길로 친절히 대답해 주었다.

"바로 그래서 내가 행인도 보내 주고, 모터보트도 보내 주고, 그 동원하기 힘든 헬리콥터까지 보내 주지 않았느냐?"

미친 황소(1)

　일천 근이 넘는 몸매를 자랑하는 황소가 미쳐서 동네를 휩쓸고 다녔다. 다들 공포에 싸여 숨어 다니고 있었다. 보다 못한 한 청년이 황소에 대들었다가 황소에게 밟혀 죽었다. 청년을 밟고선 미친 황소가 중얼거렸다.
　"나를 감당할 만한 힘이나 지혜가 있든지, 건방지게 말이야…"

미친 황소(2)

 동네를 휩쓰는 미친 황소를 보다 못해 대들던 청년이 하나 죽고, 둘이 죽고, 셋이 죽었을 때 동네 사람들 사이에 의분이 피어올랐다. 모두가 죽기를 각오하고 달려들어 마침내 황소를 잡았다. 그날 저녁 동네에는 한우 불고기 파티가 거나하게 진행되었다.

말뚝의 탄식

 어느 사기꾼이 한 달 후에 하늘에서 천국이 내려온다고 사람들을 미혹했다. 워낙 언변이 번지르르한지라 현실에서 도피하고픈 사람들이 꽤 많이 그를 따랐다. 한 달이 다 되어 가자 그 사기꾼은 천국이 내려오는 장소로 가서 기다려야 한다고 백여 명의 추종자들을 선발하여 한적한 시골 동네로 들어갔다. 한 달이 넘어도 천국은 내려오지 않았다. 추종자들 사이에 회의감이 깃들자 그는 함께 천국으로 가야 한다며 농약을 탄 막걸리를 나눠 마시게 한 후 다 함께 세상을 떠났다. 그 모습을 지켜보던 동네 말뚝이 한마디 했다.
 "세상에 별 미친놈들도 많군."

옅은 밝음

생쥐와 두더지가 이웃에 살고 있었다. 다들 땅속에 굴을 파서 살고 있지만 생쥐는 늘 굴속이 어둡다고 불평을 늘어놓았다.
"우리 집은 왜 이리 어두울까? 좀 더 밝았으면 좋겠어."
두더지가 말했다.
"그 정도면 밝은 편이지. 더 밝게 살고 싶으면 굴을 좀 더 넓게 파지 그래."
생쥐가 말했다.
"좀 더 넓게 파면 무서운 놈들이 쉽게 들어와서 안 돼."
그러자 두더지가 혀를 차며 말했다.
"쯧쯧. 역시 깊은 어둠을 겪은 자만이 옅은 밝음에라도 감사할 줄 아는 법이지."

지리산

　남명 조식이 제자들을 거느리고 지리산을 바라보고 있었다. 문득 남명이 시 한 수를 읊었다.
　"청컨대 저 천 석짜리 종을 보게나.
　크게 두들기지 않으면 소리를 내지 않네.
　두류산과 다투는 것 같아,
　하늘이 울되 오히려 울지 않네."
　그러자 남명의 시를 듣고 있던 지리산이 한마디 했다.
　"지가 뭔데 별스러운 소리를 다 하네. 내가 살아 있고 말하며 움직인다는 걸 지가 어떻게 알겠어?"

무너진 다리

 어느 도시에 돈을 몹시 밝히는 건설업자가 있었다. 그 도시의 다리를 건설하는데 공무원들에게 뇌물을 잔뜩 뿌리고 공사를 맡게 되었다. 뇌물을 많이 뿌리고 이익도 남기려니 다리에 들어갈 철근을 절반이나 빼먹었다. 어느 날 아침 그 부실 공사 다리가 갑자기 굉음을 내며 강물로 부서져 내렸다. 학생들을 태우고 다리를 지나던 버스도 함께 떨어졌다. 그 버스에는 등교 중이던 건설업자의 딸도 타고 있었다. 물 위에 떠서 이 참사를 지켜보고 있던 소금쟁이가 혀를 차며 한마디 했다.
 "죄는 애비가 짓고 벌은 자식이 받아야 한다니. 쯧쯧…"

독사의 보답

어떤 나그네가 한적한 시골길을 가다가 추위에 얼어 죽게 된 독사 한 마리를 발견하였다. 불쌍히 여겨 따뜻한 품 안에 넣어 주었다. 독사는 몸이 풀리자 배가 고팠다. 달콤한 살 내음을 견디지 못하고 나그네의 가슴을 꽉 깨물었다. 도와줄 이가 없는 시골길인지라 독사를 품었던 나그네는 곧 백골이 되어 흩어졌다.

돈벼락

어느 마을에 마음씨 착한 양반이 살고 있었다. 이 사람이 요사이 고민하는 일이 있었다. 옆집에 할머니를 모시고 사는 가난한 며느리와 손자 때문이었다. 이 효성이 지극한 모자를 도와주고 싶지만 자칫 이상한 소문이 날까 두려웠다. 하루는 날이 어두워져 사람들의 왕래가 뜸해지자 꽤 묵직한 엽전 다발을 준비하여 모자가 사는 집 담장 너머로 휙 던졌다. 다음 날 아침이 되면 돈다발을 발견하게 되리라 여겼기 때문이다. 다음 날 흐뭇한 마음으로 그 집 앞을 지나는데 그 집은 초상을 치르고 있었다. 초상을 돕는 사람 중 하나를 가만히 불러 누구 초상인지를 물어보았다. 그랬더니 그 사람이 다음과 같이 말했다.

"아 글쎄 어떤 미친놈이 어제저녁 담벼락 너머로 동전 다발을 던졌다지 뭡니까? 이 집 할머니가 거기에 머리를 맞아 돌아가셨답니다."

동굴의 우화

소크라테스가 제자들에게 동굴의 우화를 말해 주었다. 많은 사람들이 동굴 속에서 오직 동굴 벽만 보도록 묶여 있었다. 동굴 벽에는 뒤편에 있는 횃불로 말미암아 사물의 그림자가 비치고 있었다. 대부분이 뒤를 돌아보지 못하도록 묶여 있기 때문에 사람들은 벽에 비치는 그림자를 사물 그 자체라 생각하고 있었다. 어떤 용기 있는 사람이 많은 고통을 무릅쓰고 뒤를 돌아보았다. 마침내 벽에 비치는 사물은 사물의 그림자에 불과하다는 것을 알게 되었다. 더욱 분발하여 동굴 끝까지 기어 나왔다. 천신만고 끝에 동굴을 벗어나 보니 해와 달과 꽃과 구름이 있는 아름다운 진짜 세계를 보게 되었다. 여기까지 이야기한 소크라테스가 제자들에게 물었다.

"이와 같은 상황이 발생했다면, 이 동굴을 벗어난 사람이 만세 나는 행복하다 하고 자신의 개인적 삶을 즐기는 데 그쳤을까?"

플라톤이 스승의 마음에 합당한 답변을 준비하고 있었다.

"아닙니다, 선생님. 그 사람은 동굴 속에서 비참하게 살고 있는 이웃들을 불쌍히 여기겠지요. 많은 오해와 희생을 무릅쓰고서라도 그들을 진리로 인도해 내려 할 것입니다."

그때 제자로서는 신참인 애덤 스미스가 고개를 갸웃거리며 자신 없는 목소리로 한마디를 덧붙였다.

"제 생각에는 제일 먼저 저 아름다운 세계의 이야기에 대한 특허를 제출하는 게 합리적일 것 같은데요?"

바보 이반의 평화

바보 이반이 왕이 되었다. 이 나라에는 세금도 없고 귀족도 없고 도둑도 없고 따라서 경찰도 없었다. 바보 왕이 손수 밭에 나가 일하고 자기가 얻은 곡식으로 가족을 먹여 살렸기 때문이다. 돈도 없고 상인도 없었다. 백성들도 다 바보인지라 스스로 가꾼 곡식을 먹었고 이웃이 필요하다면 그냥 나눠 주었다. 하루는 바보들만 산다는 소문을 듣고 이웃 나라에서 쳐들어왔다. 약탈할 만한 것도 없고 뺏으면 그냥 웃으면서 주니 약탈할 재미도 없었다. 잠깐 진주하였다가 괜히 헛심을 썼다고 투덜거리며 나갔다. 바보 이반은 평화롭게 살 수 있었다.

바보 이반 아들의 평화

바보 이반이 죽자 아들이 왕으로 등극하였다. 이 나라에는 여전히 세금도 없고 귀족도 없고 도둑도 없고 따라서 경찰도 없었다. 바보 왕이 손수 밭에 나가 일하고 자기가 얻은 곡식으로 가족을 먹여 살렸기 때문이다. 돈도 없고 상인도 없었다. 백성들도 다 바보인지라 스스로 가꾼 곡식을 먹었고 이웃이 필요하다면 그냥 나눠 주었다. 하루는 바보들만 산다는 소문을 듣고 이웃 나라에서 쳐들어왔다. 약탈할 만한 것도 없고 뺏으면 그냥 웃으면서 주니 약탈할 재미도 없었다. 그러다가 약탈거리를 발견하였다. 젊고 아름답고 건강한 젊은이들이 있었기 때문이다. 이웃 나라는 이 젊은이들을 붙잡아 노예로 쓰려고 데려갔다. 비록 바보들이었지만 이렇게는 살 수 없다는 것을 깨달았다. 이웃 나라에 뺏긴 젊은이들을 찾아오기 위해 군대를 조직하였다. 세금이 생기고 귀족이 생기고 돈도 생겼다. 도둑도 생기고 경찰도 생겼다. 무기를 사기 위해 상인들도 들락거렸다. 바보 이반의 아들 나라가 전쟁 준비를 마쳤다는 소문을 듣자 이웃 나라가 깜짝 놀라 젊은이들을 돌려보냈다. 바보 이반의 아들도 평화롭게 살 수 있었다.

바보 이반 손자의 평화

바보 이반의 아들이 세상을 떠나자 바보 이반의 손자가 왕이 되었다. 이웃 나라의 침략 가능성 때문에 군대가 생기고, 세금도 생기고, 귀족도 생겼다. 도둑도 생기고 경찰도 생겼다. 그러나 왕을 비롯해 백성의 대부분은 여전히 자기가 손수 가꾼 것으로 자기 가족을 먹여 살리는 일에만 열중하였다. 여러 차례의 음모가 실패하자 심통이 난 악마가 이반의 나라를 무너뜨릴 최종 수단을 가지고 왕을 찾아왔다.

"왕이시여, 이 나라의 백성들이 모두 부자가 될 수 있는 방법을 가지고 왔습니다."

"아니 그런 게 있습니까? 어서 가르쳐 주세요."

악마가 사거리에 연단을 설치하고 금융파생상품으로 떼돈 버는 방법을 설명하였다. 그러나 왕이나 백성들이 다 바보인지라 이해도 못 했고 관심도 없었다. 각자 자기 밭으로 일하러 갔기 때문에 악마의 연설을 듣는 사람도 없었다. 일 주야를 밤낮으로 먹지도 자지도 않고 백성을 설득하던 악마가 마침내 쓰러졌다. 그리고 아스팔트에 구멍 하나를 남기고 지옥으로 떨어졌다. 바보 이반의 손자는 평화롭게 잘 살았다.

방구석 여포

 삼국지의 여포가 관우에게 시비를 걸었다.
 "야 관우, 너 나를 일대일로 싸워 이길 수 있어? 한 번도 없잖아?"
 관우가 대답했다.
 "힘만 세면 뭘 해? 나처럼 사람들에게 영웅으로 존경을 받을 수 있어야지. 너처럼 힘만 세면 아비가 셋인 놈이라거나 방구석 여포라는 식으로 놀림거리만 될 뿐이지."
 여포와 관우가 티격태격 싸우는 모습을 보던 백담이 혀를 차면서 꾸짖었다.
 "야 이 사람들아. 자네와 같은 자들이 벌이는 싸움 때문에 무려 삼천만 명이나 되는 사람들이 죽었다는 사실을 기억해야지."

최종해결책

어느 나라에서 달걀을 위쪽에서 깨느냐 아래쪽에서 깨느냐로 당파를 나누어 싸우다 나라가 갈라졌다. 간신히 평화가 회복되자마자 이번에는 달걀을 깰 때 수저를 쓰느냐 포크를 쓰냐를 두고 다시 전쟁이 일어났다. 수저 국가가 승리하여 통일이 달성되었다. 얼마 안 가 이번에는 달걀을 왼손에 쥐고 깨느냐 오른손에 쥐고 깨느냐로 다시 나라가 갈라졌다. 오랜 전쟁에 지친 두 국가가 마침내 누구나 동의할 수 있는 최종해결책에 합의하였다. 그 후로 양국의 식탁에서는 달걀을 찾아볼 수 없었다.

자유의 보답

어느 상인이 이웃 나라에 장사를 하러 갔다. 거래 상대방을 기루로 모셔 대접을 하는데 몹시 아름다운 여인이 나와 시중을 들었다. 접대가 끝나고 가려 하자 그 여인이 상인의 옷자락을 잡고 간절히 자신의 자유를 요청했다. 딱한 사정에 마음이 감동한 상인이 많은 돈을 써서 여인에게 자유를 찾아 주었다. 주위 사람들이 다 비웃었으나 상인은 개의치 않았다. 얼마 후 상인의 나라에 적국이 쳐들어왔다. 나라가 무너질 위기에 처했는데 이웃 나라가 많은 군사와 군량을 보내 주어 적국을 물리칠 수 있었다. 상인의 도움으로 자유를 찾은 여인이 이웃 나라의 왕비가 되어 있었기 때문이다.

물 위를 걷기

소금쟁이는 언제나 물 위에 떠 있을 수 있지만, 사람은 물 위에 있으면 물에 빠지기 마련이다. 그러나 인류 역사에서 물 위를 걸어 본 사람들이 있었고 서로 모여 자기 자랑을 시작했다.

유대에서 온 베드로가 말했다.

"나는 예수님의 부르심을 따라 갈릴리 호수 위를 걸었지. 폭풍이 몰아치고 있었는데 말이야."

인도에서 온 강남 사람이 말했다.

"그건 겨우 세 걸음이었지 아마? 나는 석가모니를 뵈러 사위강을 걸어서 건넜지. 강폭이 족히 일 킬로미터는 되었을걸."

바그다드에서 온 알리가 말했다.

"그냥 걷기만 하면 재미가 없지. 나는 알라신의 명령으로 마신과 싸우면서 페르시아 해협을 건넜거든."

이들의 자랑을 듣고 있던 짐바브웨의 음테트와 목사가 갑자기 강물로 뛰어들었다.

"나는 악어들이 우글거리는 강물 위도 걸을 수 있다."

안타깝게도 음테트와 목사는 바로 악어 밥이 되었다.

꿈의 해석

 올림포스산에 사는 제우스가 막내딸인 꿈의 여신에게 화가 났다. 그녀가 꿈을 통해 인간에게 지나치게 많은 위안과 예지를 불어넣고 있기 때문이었다. 이대로 가면 신과 인간의 경계가 모호해질 참이었다. 막내딸을 몹시 사랑하는 제우스는 꿈 자체를 없앨 생각은 없었다. 궁리 끝에 꿈과 현실의 경계를 모호하게 만들었다. 무한한 상상력을 실행할 수 있지만, 그 결과는 알 수 없도록.

말과 주인

　어느 화창한 오후에 마장의 기승대에 걸터앉은 주인이 말을 노려보고 있었다. 주인은 말에 밟혀 부러진 허벅지에 부목을 댄 후 붕대를 치렁치렁 감고 있었다.
　"아니 내가 지를 얼마나 사랑했는데 나를 이렇게 밟다니…"
　말은 마장 한쪽 구석에 서서 겁먹은 얼굴로 큰 눈을 껌뻑거리고 있었다. 이틀 전 갑작스레 뒤에서 다가오는 주인의 그림자에 놀라 발을 들었을 때 말이 필사적으로 방향을 틀지 않았다면 주인의 심장이 말발굽에 밟혔을 것이다. 다행히 주인의 허벅지 뼈가 부러진 것으로 끝났지만 말의 정강이 근육도 파열되었다. 그러나 말이 말을 못 하니 말이 되지 않아 서로 안타까이 노려볼 뿐이었다.

뭣이 더 중한가

대학교수를 하는 허생이 마누라의 바가지에 시달리고 있었다. 부인은 남편의 얇은 월급봉투에 불만이 많았다. 허생이 마누라를 달랬다.

"여보 마누라, 지금도 먹고사는 데 지장이 없는데 더 많아서 뭐 하누?"

부인이 말했다.

"당신처럼 돈을 많이 못 버는 사람들이 하는 말이지요."

허생이 웃으며 말했다.

"그럴 수 있지. 하지만 재미있는 이야기 하나 해 주고 싶군. 어떤 사람이 돈을 많이 벌고 싶어 밤낮으로 주식에 몰두했다네. 실패를 거듭한 끝에 결국 떼돈을 벌었다지. 그 와중에 부인에게 이혼당하고 자식들에게도 버림을 당했다는군. 종래에는 돈을 노린 강도에게 살해당했어. 정말 불쌍하지? 그래. 그래서 불쌍히 여긴 염라대왕이 그를 다시 꿀처럼 달콤한 신혼 시절로 돌려보내 주었지. 이제 그는 뭣이 더 중한지 아는 사람이 되었겠지?"

죄수의 딜레마

　은행 도둑 두 명이 칼을 들고 은행을 털었다. 도둑질한 현금과 금괴를 지리산의 너럭바위 밑에 숨겨 놓았다. 경찰이 사건을 잊을 만하면 꺼내어 나누자고 약속했다. 그러나 한 친구가 시내에서 술에 취해 범행을 자랑했다. 주위 사람의 신고로 둘 다 체포되었다. 경찰은 아직 범행 물증을 확보하지 못했다. 형사가 두 죄수를 따로 불러 같은 제안을 했다.
　"당신만이 돈 숨긴 곳을 자백하면 집행유예로 나가고 거액의 보상금도 받습니다. 대신 당신 친구는 종신형을 받게 되지요. 둘 다 자백하면 둘 다 5년 형을 받습니다. 우리는 친구에게도 같은 제안을 할 겁니다. 자백하든 자백을 거부하든 하나를 선택하세요."
　두 죄수는 모두 자백을 선택했다.

세 번의 기회

아담이 에덴동산에서 선악과를 따 먹고 나서 저주를 받았다. 에덴동산에서 쫓겨나 땀을 흘리며 일을 해야 먹고산다는 저주였다. 아담이 하나님에게 불평했다.

"아니, 저를 이렇게 불완전하게 만드시고 실수 한번 했다고 저주하시다니요."

하나님이 말했다.

"땀 흘리며 일해야 먹고산다는 것이 저주랄 수 없지. 그럼 놀고먹어야 좋다는 거야?"

아담이 말했다.

"하나님 입으로 이게 저주라고 했잖아요. 여하튼 실수 한 번으로 인생이 결정되는 것은 반댑니다."

아담이 자꾸 불평하니 하나님도 귀찮았다. 한 번은 너무 적고 두 번도 적은 편이고 네 번은 너무 많고. 그래서 하나님이 최종적으로 결론을 내렸다.

"그래, 아담 이후로 사람에게는 세 번의 기회가 있다. 더 이상 불평하지 말도록."

바람의 무게

　황하 강변의 미상 사원에서 바람의 무게를 재는 대회가 열렸다. 4년에 한 번씩 열리는데 200년이 걸려 마침내 결론을 내릴 참이었다. 시푸가 제자인 포에게 물었다.
　"그래 결론을 내렸다고 하더냐?"
　포가 대답했다.
　"그럴 참이었습니다. 그런데 갑자기 홍수가 나서 다 떠내려가 버렸습니다."

천사와 바늘

 개미들의 대군이 굼벵이의 성을 둘러쌌다. 3일 만에 성벽이 무너졌고 성안 모든 굼벵이들의 생명이 사라질 위기에 처했다. 그러는 중에도 굼벵이 수도사들은 성당에 모여 바늘 끝에서 몇 명의 천사가 춤을 출 수 있는가로 패를 나눠 싸우고 있었다. 지는 쪽은 종교재판을 받기 때문에 필사적이었다. 제단 한 가운데서 이 꼴을 보던 바늘이 한마디 했다.
 "이 종교에 물든 굼벵이들은 참 지독하군. 바늘로 찔러도 피 한 방울 안 날 거야."

물고기의 마음

하얀 고양이가 점심거리를 찾으며 다리를 건너고 있었다. 문득 다리 밑을 보니 탐스러운 잉어 떼가 헤엄을 치고 있었다. 군침을 흘리고 있노라니 앞 동네의 검은 고양이가 거드름을 빼며 다가오고 있었다. 검은 고양이는 하얀 고양이가 노리는 바를 알면서도 짐짓 질문을 하였다.

"무엇을 보고 있나?"

"물고기들이 즐겁게 노는 모습을 보고 있다네."

하얀 고양이가 대답했다.

"그대가 물고기가 아닌데 물고기가 즐겁다는 것을 어떻게 아나?"

"그대는 내가 아닌데 내가 물고기 마음을 안다는 것을 어떻게 아나?"

고양이 둘이 한참 입씨름하는데 어느덧 석양이 지고 있었다.

빨아도 걸레

 젖은 걸레가 마른걸레를 비난했다.
 "너는 도대체 쓸모가 뭐니? 맨날 고고한 채 있지만 걸레가 할 일을 못 하고 있어."
 마른걸레가 건조한 음성으로 말했다.
 "그래, 너는 참 잘하고 있어. 그러나 명심해야 할 게 있어. 우린 빨아도 걸레라는 점을."

신뢰가 답이다

　임금님의 신뢰를 받는 신하가 있었다. 하루는 어머니가 위독하다는 소식을 듣고 임금님만 타는 수레를 타고 갔다. 신하들이 분개하여 처벌을 요청했다. 그때 임금님이 말했다.
　"이 사람은 죽음을 무릅쓰고 어머니를 모셨으니 효성이 지극하다. 너희들도 본받아라."
　시간이 지나 그 신하에 대한 임금님의 신뢰가 떨어졌다. 그러자 임금님이 말했다.
　"저놈이 과거에 임금만이 타는 수레를 타고 갔다. 당장 감옥에 처넣어라."

내 나이 칠십

공자가 칠십 세가 되는 날 마이크에 대고 말했다.
"내 나이 칠십, 하고 싶은 대로 해도 거리낌이 없구나."
백담이 칠십 세가 되는 날 말했다.
"내 나이 칠십, 내 인생의 좋은 날은 지금부터이다."
아나운서가 마이크를 예수에게 대고 말했다.
"예수님도 한마디 하시죠?"
예수가 말했다.
"죄송합니다. 저는 칠십이 되어 본 적이 없어서요."

당신의 문제와 은행의 문제

 남의 돈을 빌리지 않기로 유명한 샤일록이 정말 급한 일로 은행에서 백 달러를 빌려야 할 처지가 되었다. 샤일록이 깊이 고민하는 모습을 보던 케인즈가 혀를 차며 말했다.
 "당신이 은행에 백 달러를 빌렸다면 그것은 당신의 문제이다. 그러나 당신이 은행에 일억 달러를 빌렸다면 그것은 은행의 문제이다."

선악과

뱀이 에덴동산에서 하와에게 물었다.
"하나님이 에덴동산에서 선악과만은 먹지 말라 했다면서?"
하와가 말했다.
"그렇다니까. 먹으면 죽는다고 하셨어."
뱀이 입술을 삐쭉이며 말했다.
"그건 너희들이 선악을 알면 하나님과 같이 될까 봐 그런 거지…"
하와가 뱀을 비웃으며 말했다.
"정말 웃기는군. 선악을 아는 것만으로 하나님과 같이 된다고?"

신이 되는 세 가지 요소

첫째 모든 걸 알아야 한다.
둘째 무엇이든 할 수 있어야 한다.
셋째 어디에나 있어야 한다.

고민의 해결책

　촉새 엄마가 촉새 아들에게 잔소리를 하고 있었다. 갈색의 세로무늬 가슴을 아래위로 헐떡이면서 아들이 왜 교통신호를 잘 지켜야 하는지를 줄기차게 강조하였다. 잘도 움직이는 엄마의 뾰쪽한 입을 바라보던 아들이 말했다.
　"알았어, 엄마. 방금 동안 엄마는 파란 등을 일곱 번, 빨간 등을 스무 번 말했어. 더 걱정되면 글로 써 줘. 우리의 고민 대부분은 글로 쓰는 순간 사라진다잖아?"

나쁜 충고의 결말

 어느 농부가 한 외양간에서 소와 염소를 함께 키우고 있었다. 소는 하루 종일 논과 밭을 갈고 시간 나는 대로 수레를 끌었다. 반면에 염소는 하루 종일 산과 들을 뛰어다니며 풀을 뜯고 놀았다. 하루는 날이 저물어 외양간에 들어와 쉬고 있는 소에게 염소가 뻐기면서 말했다.
 "하필 소로 태어나다니. 하루 종일 날이 저물도록 일만 하는구나."
 소가 말했다.
 "그래, 나도 힘들다. 좀이라도 쉴 수 있는 방법이 있으면 좋겠구나."
 지혜로운 염소가 말했다.
 "내일 논에 나가 일을 하다가 발을 다친 것처럼 쓰러져서 누워 있으렴. 그러면 며칠 쉴 수 있겠지?"
 다음 날 소가 논에서 일을 하다 갑자기 쓰러져서 일어나지 못했다. 농부가 당황하여 어쩔 줄 몰라 하자 옆집 노인이 염소 간을 먹이면 즉효가 있다고 조언했다. 농부는 바로 염소를 잡아 간을 내어 소에게 먹였다.

개미탑 쌓기

　남강 변에 사는 개미들이 중요한 회의를 개최했다. 지구온난화로 인한 수위 상승으로 개미집들이 위협을 받고 있기 때문이었다. 석 달 열흘 동안의 긴 회의 끝에 해결책을 수립했다. 높은 수위에도 견딜 수 있는 개미탑을 건설하기로 했다. 강변에 사는 수백만의 개미들이 모여 개미 키의 일천 배에 달하는 장대한 개미탑을 쌓았다. 그해 여름에 평균 강수량의 세 배가 넘는 비가 내리자 남강댐의 수문들이 일제히 열렸다. 육 미터가 넘는 물살이 밀어닥치자 개미탑은 흔적도 없이 사라졌다.

꼬리가 아홉인 여우

꼬리가 아홉인 여우, 즉 구미호가 사람들에게 두려움의 대상이라는 소문이 여우들 사이에서도 알려지게 되었다. 여우 중에 스스로 가장 재치가 뛰어나다고 자부하는 여우가 이 소문을 활용할 생각을 하였다. 죽은 여우들의 꼬리를 모아 자기 꼬리에 달아맸다. 그리고 아홉 꼬리를 흔들면서 여우들 사이를 거닐었다. 많은 여우들이 신기하게 여기고 부러운 눈으로 쳐다보았다. 어느 날 갑자기 숲속에 호랑이가 쳐들어왔다. 다들 좁은 여우 굴로 피신했지만 꼬리가 아홉인 여우는 굴이 좁아 피하지 못하고 호랑이의 밥이 되었다.

홍수와 인류의 기원

하나님이 여섯 날 동안 온 세상을 만들었다. 사람도 만들었는데 처음 해 보는 일이어서 조금 부족한 점이 있었다. 뱀이 그 틈을 타서 악을 세상에 퍼트렸다. 두고 보기가 민망해진 하나님이 홍수로 세상을 멸망시키고 흔적을 지웠다. 오직 노아의 가족만 살아남아 다시 인류를 퍼트렸다. 그러다 보니 세상의 기원을 연구하는 학자들은 세상이 물에서 시작하였다고 믿게 되었다.

잡고 있자니 두렵고
놓자니 아까운 존재

 프로메테우스가 제우스를 속이고 불을 인간에게 가져다주었다. 화가 난 제우스는 프로메테우스를 카프카즈의 바위산에 묶어 버렸다. 그리고 헤파이스토스의 대장간에 있던 영원한 불은 뭔가를 희생해야만 유지되는 유한한 불로 바뀌었다. 그 후로 사람들은 불을 유지하기 위해 끊임없이 뭔가를 태워야 했다. 그리고 마침내 사람의 모든 것을 태워야 하는 운명에 처하게 되었다. 불은 잡고 있자니 두렵고 놓자니 아까운 존재가 되었다.

우물 안 개구리

 동네 우물에 개구리 한 가족이 둥지를 틀었다. 간혹 내려오는 두레박만 잘 피하면 이들은 우물 안에서 왕처럼 군림할 수 있었다. 한 가지 유감은 우물에서 태어난 개구리 새끼들은 하늘이 둥글고 세상은 이끼 낀 벽이 모두라고 생각하는 일이었다. 좁은 우물 안에서 개구리 새끼들끼리 잘났다고 다투는 모습을 보고 있는 개구리 아빠로서는 한숨이 나올 지경이었다. 그러다 심한 가뭄이 들었다. 우물물이 마르고 개구리 먹이도 사라졌다. 천신만고 끝에 마른 우물을 벗어난 개구리 가족은 드디어 가뭄에도 마르지 않는 넓은 강과 끝없이 펼쳐진 하늘을 만나게 되었다.

까마귀의 목청

 까마귀의 목소리도 원래는 꾀꼬리처럼 아름다웠다. 어느 날 산중 대왕인 호랑이의 권위 있는 호통 소리에 모든 동물이 복종하는 모습을 본 까마귀가 그날부터 열심히 호랑이 목소리를 따라 했다. 그러나 시간이 지나서도 호랑이 목소리를 흉내 낼 수 없었을 뿐만 아니라 목청이 갈라져서 원래의 아름다운 목소리도 낼 수 없게 되었다.

장님 코끼리 만지기

시각장애인, 보통은 장님이라 부르는 장애인들이 동남아 여행을 떠났다. 시각장애인 전용 여행 안내자를 데리고 갔기 때문에 나름 알찬 여행을 즐길 수 있었다. 문제는 코끼리 쇼였는데 안내자가 말로 아무리 설명해도 이해가 잘되지 않았다. 궁리 끝에 장애인 각자가 코끼리를 만져 보게 하였다. 코끼리 쇼가 끝나고 모여서 소감을 말하는데 다툼이 일어났다. 코끼리의 모양이 서로 달랐기 때문이다. 보다 못한 여행 안내자가 나섰다.

"각자가 만진 것을 차례대로 말해 주시지요."
"부드럽고 물컹물컹하고 길었지요."
"그것은 코입니다."
"아주 굵은 기둥이 네 개가 있었습니다."
"다리였군요."
"제가 만진 건 펄렁펄렁하고 넓은 방석 같은 것이었어요."
"귀입니다. 양쪽에 두 개가 있지요."

이처럼 서로 힘을 합치니 마침내 한 번도 본 적이 없었던 코끼리를 마치 본 듯이 알게 되었다. 시각장애인 여행단은 안내자의 지혜에 감탄하고 특별보너스를 지급하였다.

악어수사관의 인디언 기우제

 악어 나라의 수사관은 범죄자 체포율이 높기로 유명하다. 무슨 혐의로 입건되었든지 일단 먹이 대상이 되면 사소한 죄목이라도 발견될 때까지 물고 흔들기 때문이다. 마치 비가 올 때까지 제사를 지내는 인디언의 기우제처럼.

자유를 거부할 자유

파리 대왕이 오랜 독재를 끝냈다. 파리들의 수준이 자유를 누릴 만하다고 생각했기 때문이다. 자유로운 삶을 다들 기쁨으로 맞이했다. 그러나 뭔가를 잘못 먹은 파리 몇 마리는 파리 대왕의 궁정 앞에서 다시 독재 치하에서 살고 싶다는 시위를 시작했다. 이들은 또한 새로운 자유 체제가 진정으로 자유롭다면 자유를 거부할 자유도 보장해야 한다고 주장했다. 이 꼴을 보던 파리 대왕이 한마디 했다.

"아주 매를 버는구나, 벌어."

백 년의 간절함

 어느 한국독립운동가가 일제경찰에 쫓기어 산속 동굴로 피신했다. 독립운동하느라 재산을 다 쓰고 설상가상으로 친구에게 배신조차 당했다. 이제 희망이 없다 생각하고 육혈포로 머리를 겨냥했다. 그때 벽에 새겨진 글귀를 발견하고 육혈포를 내렸다.
 "열흘의 간절함은 사람을 움직이고, 10년의 간절함은 나라를 움직이고, 백 년의 간절함은 하늘을 움직인다."

고양이 숭배하기

　많은 사람들이 존경하고 따르는 도사님께서 길을 가다 죽어가는 길고양이 한 마리를 보았다. 측은한 마음으로 고양이를 데리고 가서 치료해 주었다. 도사님을 따르는 사람들의 배려로 고양이들의 숫자가 불어났다. 그 도사님이 세상을 떠나자 도사님의 고양이들만 남게 되었다. 어떤 이가 도사님의 깨달음이 고양이 때문이라고 주장했다. 그러자 도사님의 가르침은 사라지고 고양이를 숭배하는 종교만 남게 되었다.

손에 쥐고 있는 것의 소중함

 아침 식사로 사슴을 사냥한 표범이 덩치 큰 수 사자가 다가오는 것을 보았다. 급한 김에 사슴의 뒷다리 한쪽만 물고 나무 위로 올라갔다. 나무 위에 자리 잡은 표범은 자기가 잡은 사슴으로 맛있게 식사하는 사자를 보며 분노를 삼키지 못했다. 한참 사자에게 분노의 소리를 퍼붓는 사이에 독수리가 번개같이 사슴의 뒷다리를 채서 올라갔다. 아침을 굶게 된 표범은 그제서야 잃어버린 것에 대한 안타까움보다 지금 손에 쥐고 있는 것의 소중함을 알게 되었다.

오만과 갈등

한때 신들 사이에 결혼을 기피하는 비혼주의가 유행했다. 신이 구태여 결혼할 필요가 있느냐는 생각이었다. 비혼주의의 문제는 출생률이 급락한다는 점이다. 멀지 않아 신들의 사회가 사라질 위기에 봉착했다. 기나긴 회의 끝에 제비를 뽑아 강제로 짝을 맺어 주는 방안이 채택되었다. "오만"은 자존심을 세우다 결국 마지막 남은 처녀와 짝을 맺게 되었다. 그 처녀의 이름은 "갈등"이었다. 그래서 "오만"이 어디를 가든 "갈등"이 따라다니게 되었다.

백조의 꿈

　어느 봄날 남강에 사는 오리 부부가 알을 품었다. 유달리 큰 알이 있었지만 무심코 지나갔다. 새끼들이 태어났을 때 못생긴 오리 새끼 한 마리가 끼어 있었다. 다른 아이들보다 몸집이 큰데 털이 부스스하고 냄새도 심했다. 점차 다른 아이들이 이 미운 오리 새끼를 따돌리기 시작했다.

　걱정하는 오리 엄마에게 미운 오리 새끼가 와서 말했다.
"엄마, 꿈을 꾸었어요."
"뭔데?"
"크고 하얀 날개를 펴서 넓고 넓은 강을 건너는 꿈이어요."
"그래, 참 좋구나. 우리도 아주 옛날에 그런 적이 있었다더라."

　새끼들이 자라자 따돌림도 심해졌다. 미운 오리 새끼의 꿈도 더 자랐다. 미운 오리 새끼가 유일하게 자기 말을 들어 주는 엄마에게 와서 말했다.
"엄마, 또 꿈을 꾸었어요."
"이번에는 어떤 꿈인데?"
"하얗게 눈 덮인 끝없는 벌판을 힘차게 가로질러 가는 꿈이요."
"아, 생각만 해도 가슴이 벅차구나. 그 꿈을 잘 간직하렴. 호호."

꿈꾸는 미운 오리 새끼는 주위의 따돌림 속에서도 꿋꿋이 잘 자랐다.

어느 늦은 가을날 강물 위로 커다란 백조 떼가 나타났다. 오리들이 놀라 수초 사이로 숨었지만 미운 오리 새끼는 백조 떼와 섞여 놀 수 있었다. 그리고 때가 되자 그들과 함께 하얗고 큰 날개를 펴서 북쪽을 향해 날아올랐다. 오리 엄마는 힘차게 날아오르는 미운 오리 새끼를 황홀한 눈초리로 배웅했다.

선물로서의 삶

  신을 독실히 믿으면서 나름 선한 일에도 열심인 사람이 신에게 떼를 썼다.
  "저 열심히 잘하죠? 선물 하나 주세요."
  너무 철이 없다 싶어 가만 놔두었더니 선물 달라고 떼쓰는 게 점점 더 심해졌다. 마침내 참다못한 신이 한마디 했다.
  "이 사람아, 자네 삶이 바로 내가 자네에게 준 가장 귀한 선물이라네."

찾아보기

ㄱ

가시덤불	43, 76
가위바위보	74
가재	79
간디스토마	79
갈등	125
감밭	18
감옥	106
강남 사람	96
강도	99
강변도로	46
강아지	35, 45, 48, 66
개구리	31, 58, 117
개미	45, 55, 60, 61, 68, 103, 113
개울가	22
거북이	41, 46, 67
거주이전의 자유	26
건설업자	86
걸레	105
겨울바람	29
고구마	62
고슴도치	23, 24

고양이	104, 123
곡식	91
곤충	78
곰	50
공무원	86
공자	30, 36, 73, 107
관우	93
교수	22, 99
교통신호	111
구두 수선공	51
구름	16, 39
구미호	114
굼벵이	58, 103
금	28
금돈 은돈	65
금붕어	65
금융파생상품	92
기루	95
기승대	98
기와집	65
기회	29, 41, 101
까마귀	118
까투리	17
꿀벌	18, 26
꿀벌통	26
꿈	44, 97, 126, 127

ㄴ

나팔꽃	10
날짐승	53, 54
남강	14, 34, 113, 126
남강댐	113
남명 조식	85
남생이	14, 48, 75
납	28
낮	32, 44
노래	56, 60, 61, 68
노래판매상	61
노루	42
노아	115
노예	91
노자	30, 36
농부	22, 43, 62, 76, 112
농약	18, 83
뇌물	86
늑대 경찰	47
늑대	47, 56

ㄷ

다람쥐	52
다리	86, 104
단군	30, 36

달걀	94
달나라	40
달님	59
달러	108
달리기 경주	41
대화의 중재자	54
덤프트럭	46
도사님	123
도토리	50, 52
독사	87
독수리	34, 75, 124
독재	121
독초	62
돈벼락	88
돌밭	76
동굴	53, 89, 122
동네	81, 82, 83, 104, 117
동아줄	59
돼지가족	27
두더지	50, 84
두레박	117
두류산	85
들꽃	29
들짐승	53, 54
등껍질	46
디딤돌	21
딜레마	100
따돌림	126

ㄹ

로마교황 ……………………………………………… 36

ㅁ

마님 …………………………………………………… 77
마을잔치 ……………………………………………… 59
마호메트 ………………………………………… 30, 36
말 ……………………………………………………… 98
말뚝 …………………………………………………… 83
말벌 …………………………………………………… 26
매 ……………………………………………………… 15
매미 ……………………………………………… 37, 68
멧돼지 …………………………………………… 12, 62
모래성 ………………………………………………… 69
모터보트 ……………………………………………… 80
모퉁이 돌 ……………………………………………… 21
목동 …………………………………………………… 63
물고기 ………………………………………………… 104
물닭 …………………………………………………… 34
물새알 ………………………………………………… 50
뭉게구름 ……………………………………………… 16
므두셀라 ……………………………………………… 72
미상 사원 …………………………………………… 102
민달팽이 ………………………………………… 23, 24
민들레 ………………………………………………… 13

ㅂ

바그다드	33
바늘	103
바람	13, 29, 102
바보	90, 91, 92
바울	36
바위	14, 100, 116
박쥐	53, 54
밝음	84
밤	32, 46, 59, 69
밤송이	12
밤톨	12, 52
밥투정	50
방조망	17
백 년	122
백골	87
백담	107
백조	34, 75, 126
뱀	31, 58, 109, 115
벌 군단	55
범죄자	120
법령	38
베드로	96
베짱이	60, 61
별	32, 39
보물창고	63

보이스피싱	47
불	116
붕어	64
블루베리밭	17
비	39
비극	73
비단신	56
비둘기	15
비밀경찰	51
비혼주의	125
뿔피리	63

ㅅ

사기꾼	83
사냥꾼	62
사또	77
사마귀	13
사슴	124
사자	124
살구	77
삶	63, 72, 74, 89, 121, 128
삼국지	93
삼대독자	79
삼백육십오 개의 꿈	44
상인	90, 91, 95
새벽기도	33

생쥐	84
샤일록	108
서당	71
석가	30, 36, 96
석양	104
선물	128
선악과	101
성당	103
성직자	36
성충	78
세상의 기원	115
소	20, 66, 70, 81, 82, 112
소금쟁이	86, 96
소크라테스	89
손주	37
수레	70, 106, 112
수수밭	59
수초	34, 127
수풀	42
시각장애인	119
시푸	102
식탁	94
신	78, 97, 110, 125, 128
신뢰	106
쑥	20
씨앗	43, 76

ㅇ

아기 철수	35
아나운서	107
아담	101
아우슈비츠	51
아침의 영광	10
악마	92
악어	96
알리	96
암스트롱	40
애덤 스미스	89
애벌레	44, 78
야산	16
양반	88
양봉업자	26
어둠	84
어부	19
얼음	68
에덴동산	101, 109
여름벌레	68
여신	97
여왕벌	26
여우	47, 56, 64, 114
여치	58
여포	93
연못	64
연어	50

열매	29, 43
염라대왕	99
염소	112
엽전 다발	88
영감	77
영적 권위	36
예루살렘	36
예수	30, 36, 80, 96, 107
예수쟁이	80
오누이	59
오리	126
오만	125
옥토	43, 76
올림포스산	97
왕	31, 33, 38, 56, 63, 90, 91, 92, 117, 121
왕비	95
왕자	33
외양간	66, 112
용	19
용봉탕	19
용왕	65, 67
우물	117
우주선	40
원숭이	38
월급봉투	99
유대	96
유대인	51
육혈포	122

은행	100, 108
음테트와 목사	96
의분	82
이반	90, 91, 92
이슬람	33
인도	96
인디언 기우제	120
일제경찰	122
임금님	106
잉어	19, 104

ㅈ

자백	100
자부심	34, 46
자유	95, 121
잠	22, 41
장가	77
장님	119
재	28
저주	101
전쟁	38, 53, 54, 55, 91, 94
절구통	49
제사상	70
제우스	97, 116
종교재판	103
종교질서교란혐의	36
종신형	100

죄수	100
주말농장	22, 62
주식	99
죽음	17, 74, 106
지구온난화	113
지렁이	45
지리산	85, 100
지붕	59
지옥	92
지팡이	63
짐바브웨	96
짐수레	70
집행유예	100

ㅊ

차선의 선택	50
채플린	73
천국	80, 83
천사	103
천자문	71
초상	88
촉새	111
총리	63
최종해결책	94
충고	46, 112
칠십	107
칡뿌리	50

ㅋ

카프카즈의 바위산 …… 116
케인즈 …… 108
코끼리 …… 119

ㅌ

토끼 …… 40, 41, 47, 56, 67
특별보너스 …… 119

ㅍ

파리 대왕 …… 121
팽조 …… 72
페로몬 …… 45
페르시아 해협 …… 96
평화협정 …… 23
포 …… 102
폭포 …… 19
표범 …… 124
풍뎅이 …… 61
프로메테우스 …… 116
플라톤 …… 89
픽업트럭 …… 17, 20

ㅎ

하나님	101, 109, 115
하느님	59
하루살이	44, 72, 78
하룬 알 라시드	33
하와	109
학자	115
한국독립운동가	122
해변	69
해님	59
허생	99
헤파이스토스	116
헬리콥터	80
호랑이	23, 24, 42, 56, 59, 114, 118
홍수	115
화란	51
황새	31
황소	66, 81, 82
황토	20
황하	102
효성	88, 106
훈장	71
희극	73
희망	39, 122

백담독서목록
-내 가족에게 추천하는 100권의 책-

〈독서요령〉
- 전자책이 있으면 전자책으로 독서할 것.
- 통독하되 재미있는 부분을 먼저 읽고 나머지를 나중에 읽어도 좋다.
- 어려운 내용이 있으면 이해를 도울 수 있는 선생을 찾아볼 것.
- 절판된 책은 도서관에서 빌릴 수 있음.

번호	지은이/옮긴이	책이름	펴낸곳
001	이문열	사람의 아들	알에이치코리아
002	손봉호	나는 누구인가	샘터
003	이솝/천병희	이솝우화	숲
004	톨스토이/박형규	사람에겐 얼마만큼의 땅이 필요한가	써네스트
005	백종국	아기 나팔꽃	바른북스
006	불핀치/손명현	그리스 로마 신화	동서문화사
007	호메로스/천병희	일리아스	숲
008	호메로스/천병희	오뒷세이아	숲
009	소포클레스/천병희	오이디푸스 왕/안티고네	숲
010	카아/김택현	역사란 무엇인가	까치
011	토케이어 편/강영희	천년의 지혜 탈무드	한비미디어
012	모세 외/대한성서공회	성경	대한성서공회
013	석가/석지현	법구경	민족사
014	노자·장자/이석호 외	노자·장자	삼성출판사
015	공자/소준섭	논어	현대지성

번호	지은이/옮긴이	책이름	펴낸곳
016	플라톤/박문재	소크라테스의 변명	현대지성
017	아리스토텔레스/박문재	정치학	현대지성
018	맹자/김원중	맹자	휴머니스트
019	사마천/김원중	사기열전(2권)	민음사
020	증선지/소준섭	십팔사략	현대지성
021	샌다스/이현주	길가메시 서사시	범우사
022	작자미상/허창운	니벨룽겐의 노래	범우
023	플루타르코스/이성규	플루타르코스 영웅전(2권)	현대지성
024	헤로도토스/천병희	역사	숲
025	투키디데스/천병희	펠로폰네소스 전쟁사	숲
026	토인비/홍사중	역사의 연구(2권)	동서문화사
027	브린톤 외/양병우	세계문화사(3권)	을유문화사
028	라이샤워 외/전해종	동양문화사(2권)	을유문화사
029	하일브로너/장상환	세속의 철학자들	더테라스
030	스미스/이종인	국부론	현대지성
031	리스트/이승무	정치경제학의 민족적 체계	지식을만드는지식
032	마르크스/김수행	자본론(6권)	비봉출판사
033	버턴/김하경	아라비안나이트(5권)	시대의창
034	보카치오/박상진	데카메론(3권)	민음사
035	단테/박상진	신곡(3권)	민음사
036	나관중/황석영	삼국지(6권)	창비
037	오승은/홍상훈 외	서유기(10권)	솔
038	시내암/연변대학 번역조	수호지(4권)	올재
039	김만중/송성욱	구운몽	민음사
040	작자미상/송성욱	춘향전	민음사
041	틸리/김기찬	서양철학사	현대지성
042	성 아우구스티누스/박문재	고백록	CH북스
043	마키아벨리/김운찬	군주론	현대지성
044	루소/김영욱	사회계약론	후마니타스
045	헤겔/김종호	역사철학강의	동서문화사
046	니이체/장희창	짜라투스트라는 이렇게 말했다	민음사

번호	지은이/옮긴이	책이름	펴낸곳
047	세익스피어/최종철	세익스피어 4대 비극	민음사
048	괴테/안인희	파우스트	현대지성
049	세르반테스/박철	돈키호테	시공사
050	토스토예프스키/김연경	죄와 벌(2권)	민음사
051	스탕달/이동렬	적과 흑(2권)	민음사
052	헤세/김지영	지와 사랑	브라운힐
053	톨스토이/박형규	전쟁과 평화(4권)	문학동네
054	야마오까/이길진	대망(36권)	동서문화사
055	위고/정기수	레미제라블(5권)	민음사
056	입센/안미란	인형의 집	민음사
057	캐럴/김경미	이상한 나라의 앨리스	비룡소
058	스위프트/이종인	걸리버여행기	현대지성
059	디포/윤혜준	로빈손 크루소	을유문화사
060	디킨스/황금진	크리스마스 캐럴	더스토리
061	쿤/김명자	과학혁명의 구조	까치
062	글리크/박배식 외	카오스	누림
063	몽테스키외/진인혜	법의 정신(3권)	나남
064	다윈/송철용	종의 기원	동서문화사
065	프로이트/김인순	꿈의 해석	열린책들
066	베버/김현욱	프로테스탄티즘 윤리와 자본주의 정신	동서문화사
067	케인즈/조순	고용 화폐 및 이자의 일반이론	비봉출판사
068	피히테/곽복록	독일 국민에게 고함	올재
069	토크빌/임효선	미국의 민주주의(2권)	한길사
070	레닌/이정인	제국주의, 자본주의의 최고단계	아고라
071	히틀러/황성모	나의 투쟁	동서문화사
072	프롬/이상두	자유에서의 도피	범우사
073	헨리/오정환	마지막 잎새	동서문화사
074	오웰/도정일	동물농장	민음사
075	아시모프/정철호	강철도시	현대정보문화사
076	일연/김원중	삼국유사	민음사
077	신채호/이만열	조선상고사(2권)	단재기념사업회

번호	지은이/옮긴이	책이름	펴낸곳
078	유성룡/김흥식	징비록	서해문집
079	정약용/다산연구회	목민심서	창비
080	김구/이만열	백범일지	역민사
081	황석영	장길산(5권)	창비
082	조정래	태백산맥(10권)	해냄
083	백종국	멕시코혁명사	한길사
084	김형욱·김경재	혁명과 우상(5권)	인물과사상사
085	최덕신	김일성 그이는 한울님	통일신보사
086	정주영	시련은 있어도 실패는 없다	제3기획
087	오원철	한국형 경제건설(5권)	기아경제연구소
088	박원순	야만시대의 기록(3권)	역사비평사
089	조세희	난장이가 쏘아올린 작은 공	이성과힘
090	태공망/유동환	육도삼략	홍익출판사
091	손자/김원중	손자병법	휴머니스트
092	장하준/김희정	사다리 걷어차기	부키
093	호킹/김동광	시간의 역사	까치
094	도킨스/홍영남 외	이기적 유전자	을유문화사
095	카슨/김은령	침묵의 봄	에코리브르
096	다이아몬드/강주헌	문명의 붕괴	김영사
097	하라리/김명주	호모 데우스	김영사
098	필/이정빈	적극적 사고방식	지성문화사
099	로/윤경미	왜 똑똑한 사람들이 헛소리를 믿게 될까	와이즈베리
100	백종국	한국자본주의의 선택	한길사

〈참고자료〉
『동아일보』 편 『세계를 움직인 100권의 책』 (신동아 별책부록, 1968)
왕여광 편/한민희.이동철 역 『중국을 움직인 30권의 책』 (지영사, 1993)
성균관대학교 인문과학연구소 편 『교양고전 100선 해제』 (성대출판부, 1995)
연세필독도서 추천위원회 편 『연세필독도서-고전 200선 해제-』 (연세대학교 출판부, 2001)
안덕훈 『100개의 문장으로 읽는 100권의 책』 (작은숲출판사, 2017)
스코트 크리스찬슨, 콜린 살터/이현정 역 『세상을 바꾼 100권의 책』 (동아엠앤비, 2019)
서울대학교 『서울대권장서 100선』 https://www.youtube.com/shorts/GWFwTiEbn-w.

아기 나팔꽃

초판 1쇄 발행 2025. 1. 1.

지은이 백종국
펴낸이 김병호
삽 화 백혜주
펴낸곳 주식회사 바른북스

편집진행 황금주
디자인 양현경

등록 2019년 4월 3일 제2019-000040호
주소 서울시 성동구 연무장5길 9-16, 301호 (성수동2가, 블루스톤타워)
대표전화 070-7857-9719 | **경영지원** 02-3409-9719 | **팩스** 070-7610-9820

•바른북스는 여러분의 다양한 아이디어와 원고 투고를 설레는 마음으로 기다리고 있습니다.
이메일 barunbooks21@naver.com | **원고투고** barunbooks21@naver.com
홈페이지 www.barunbooks.com | **공식 블로그** blog.naver.com/barunbooks7
공식 포스트 post.naver.com/barunbooks21 | **페이스북** facebook.com/barunbooks7

ⓒ 백종국, 2025
ISBN 979-11-7263-893-1 03810

•파본이나 잘못된 책은 구입하신 곳에서 교환해드립니다.
•이 책은 저작권법에 따라 보호를 받는 저작물이므로 무단전재 및 복제를 금지하며,
이 책 내용의 전부 및 일부를 이용하려면 반드시 저작권자와 도서출판 바른북스의 서면동의를 받아야 합니다.